Michael Naether

Potsdamer Straße, aufgeklärt

Regenbrecht Verlag

Bibliografische Information der Deutschen Bibliothek
Die Deutsche Bibliothek verzeichnet diese Publikation in der Deutschen
Nationalbibliografie; detaillierte bibliografische Daten sind im Internet
über
http://dnb.ddb.de abrufbar.

© Regenbrecht Verlag, Berlin
2. Auflage 2018
Alle Rechte vorbehalten
www.regenbrecht-verlag.de

ISBN: 978-3-943889-57-4

Herstellung: BoD – Books on Demand, Norderstedt

Michael Naether (1939–2006), Journalist und Autor, war Ende der 60er
Jahre Kriegsberichterstatter in Afrika, danach Korrespondent u.a. in Lissa-
bon und Madrid, Moskau und Paris sowie Beobachter bei internationalen
Konferenzen in Havanna, Helsinki und New York. In den 90er Jahren hatte
er einen Kinderzirkus am Berliner Wannsee, wo er unter anderem mit einem
Bären, einem Tiger und einem Panther, den er selbst mit der Flasche aufzog,
lebte. Später betrieb er ein Kindertheater am Potsdamer Platz, wo er auch
jahrelang in einem Zirkuswagen lebte, direkt vor Augen die tiefgreifenden
Veränderungen, die diese Gegend nach der Wende kennzeichneten: von der
Brache zur neuen Mitte Berlins. In seinen letzten Lebensjahren war Naether
sehr aktiv in der Berliner Off-Theaterszene, er inszenierte, schrieb Theater-
stücke und gab Seminare.

Vorbemerkung

Aufgeklärt ... Diesen Romantitel habe ich der Großanzeige zu verdanken, die kürzlich in großen Berliner Blättern erschien, wobei sich das werbende Großunternehmen einmal des Konterfeis Friedrich II. in Lebensgröße bediente und zum anderen seines großartigen Ausspruchs: »Berlin ist aufgeklärt«. Ich habe es offen gestanden nicht gewagt, mich dieses Werbespruchs vollständig zu bedienen. Und dies ungeachtet der Tatsache, wonach die Geschichte, die hier erzählt wird, sich vermutlich nur hier, nur in Berlin abspielen konnte, wie man beim Weiterlesen leicht einsehen wird.

In den Jahrhunderten nach Friedrichs Herrschaft ist hier bekanntlich einiges geschehen, in den jüngsten Jahrzehnten leider sogar auf beiden Seiten der Barrikade, das mit Aufklärung so viel zu tun hat wie, sagen wir, Säbelrasseln mit dem Gewedel von Palmzweigen. Und all das soll plötzlich, quasi auf Zuruf, ausgestanden, Berlin über Nacht aufgeklärt sein? (Mal abgesehen von dem Rückgriff auf einen Preußen-Monarchen.) Nach der Schlossattrappe eine Aufklärungsattrappe?

Doch das nur nebenbei. Was den Fall eines organisierten Verbrechens betrifft, der hier beschrieben wird, wird am Ende die Frage stehen: »Ist dieser Fall wirklich restlos aufgeklärt? Bleibt da nicht eine gewisse Ungewissheit zurück? Und ist es vielleicht nicht besser so? Für wen auch immer.«

Wie dem auch sei, wenn ich die Liste der handelnden Personen in dieser Geschichte durchgehe – keine besitzt übrigens ein Vorbild im Leben – es fiele mir schwer, auch nur eine dieser Personen als aufgeklärt im besten Sinne anzusehen. (Selbst wenn ich darin mitspielte, wäre das nicht anders.) Auch Maiko M. oder den alten Warmblut nicht, obgleich sie Bruder Tom zu besseren Einsichten verhelfen – doch eben auf ihre ganz persönliche Weise. Um von Filou nicht zu reden, den Warmblut irgendwann einen »Arschpfeifer« nennt. Ganz zu schweigen von den Herren Abstreiter und Preuß, Herren aus Politik und Wirtschaft, die es so herrlich weit gebracht haben.

Der Ort des Geschehens, die Potsdamer Straße im Herzen der Stadt, konnte kein beliebiger sein, wie es auch die Romanfiguren nicht sind, nicht sein können. Neun Jahre lang habe ich an dieser Straße gelebt, gewohnt und gearbeitet – eine »alte Liebe« sollte daraus nicht werden; ist doch das Neue an dieser Straße nicht wirklich neu. Aufklärung braucht wohl neue Zeiten.

M. N.
Berlin, April 1999

Erster Teil

Das Herz von Berlin, globalisiert

Zwei Gesichter

Vor das alte Gesicht der Potsdamer Straße hatte sich praktisch über Nacht ein neues geschoben: das Gesicht einer hochmodernen Plaza, geformt aus Stahl und Glas, glatt und alterslos. Ein Platz ohne Gewohnheiten und ausgeprägte Eigenschaften. Die Geschichten, die hier erzählt wurden, stammten aus den eingebauten Kinosälen. Und von tausend Menschen, die die Läden und Büros füllten, wohnte höchstens einer am Ort. Genau der richtige Ort also, entschied meine Amtsleitung, hier eine kleine Dienstwohnung auf Zeit zu nehmen. Eine »konspirative Wohnung«, wie man das mitunter nannte. Dabei gab es nicht einmal Gardinen vor den Fenstern.

Mein Einzug hatte nicht die geringste Aufmerksamkeit der Nachbarn hervorgerufen, schon weil es keine gab, wie mir schien. Da war niemand, der mir in den Aufzügen oder auf den Fluren begegnet wäre. Wer hier einzog, zwischen Himmel und Erde, muss neben einem gewissen Vermögen offenbar auch die Fähigkeit erwerben, nicht gesehen und erkannt zu werden. Das kam meinem Auftrag sehr entgegen – dafür blickte ich hier öfter als gewöhnlich in einen Spiegel.

So unbemerkt, wie ich eingezogen war, so unauffällig zog ich nach der Erledigung meines Auftrages wieder aus. Und das, obwohl ich in dieser Zeit mindestens einmal Besuch von Maiko Müller erhalten hatte, bekannt von der Bühne und nicht nur deshalb schwer zu übersehen. Eine Tatsache, die ich bereits wenige Tage später, diesmal allerdings auf einem Friedhof, bestätigt sah. Egal wo, überall war ihr ein besonderes öffentliches Interesse gewiss. Dass ausgerechnet sie – Miss Maiko, wie ihr Künstlername war – als verdeckte Ermittlerin im Dienst der Kriminalpolizei stand, erschien daher abwegig; und doch war es so.

Mir waren Fälle bekannt, da selbst hohe Würdenträger bei ihren Berlinbesuchen den Wunsch geäußert hatten, ihre Mitternachtsschau zu erleben, und Leute aus dem zahlenden Publikum bei solchen Gelegenheiten mit schöner Offenheit darüber sprachen, wessen Hände sie lieber schütteln würden.

Bei unserem erwähnten Treffen in meiner zeitweiligen Dienstwohnung war es um andere Dinge gegangen, um die Grundlagen unseres verdeckten Ermittlungsauftrages. »POP«, sagte sie – ein Kürzel für Presse-Offizier der Polizei, was mein offizieller Titel war – »POP, kriegen Sie nicht die Höhenangst hier oben?«

»Ja, sechzehntes Stockwerk. Aber man gewöhnt sich schnell daran, wirklich.«

»Das ist ja das Dumme – diese Gewöhnung.« Sie war zur Fensterwand getreten und blickte in die Tiefe, hinab in eine städtische Liliputlandschaft. Womöglich die Verhältnisse dort unten vor Augen, die sie selbst »gewöhnt« war, doch ohne es zu wollen. Im Gegenteil, sie lehnte sich dagegen auf. Belegte die Neukonstruktion des Potsdamer Platzes mit allerlei Fantasienamen, nannte sie »das Raumschiff der Global Player inmitten einer sozialen Wüste« und dergleichen. Und schloss: »Klar, hier oben auf der Kommandobrücke sieht man weiter – doch hört man auch das Gras wachsen?«

Ich entgegnete, dazu seien wir schließlich hier. Hier auf dem neuen Platz am Ende einer alten Straße, die sich den Ruf eingehandelt hatte, ein »gefährlicher Ort« zu sein, eine Ausfallstraße des organisierten Verbrechens: Ein Umschlagplatz für junge Frauen, jenseits der Grenzen gegen gestohlene Autoimporte eingetauscht; Frauen, die falsche Papiere erhielten, falsches Geld, harte Drogen, schwere Schläge und manchmal auch die Kugel. Eine sündige Straße, wo mitunter selbst Verbrechensbekämpfer dem Vorwurf der Vorteilsnahme ausgesetzt waren.

In der Tat, davon war hier oben nichts zu sehen, man sah förmlich darüber hinweg, »sah weiter«, wie die Kollegin nicht ohne Ironie bemerkt hatte. Sie beharrte auf ihrer Ablehnung: »Wie kann man am Rande eines solchen Sumpfes eine Stadt in der Stadt errichten wollen, ohne das Risiko einzugehen, sich nasse Füße zu holen?«

»Eine Stadt in der Stadt? Das müssen Sie mir erklären.«

Plötzlich sprach sie davon, dass in Berlin jeder Sechste ohne Arbeit sei, jeder Achte ohne Heimat, allesamt auf die eine oder andere Art entwurzelt, viele im doppelten Sinne. Unten auf der Potsdamer Straße aber sei jeder Dritte ohne Arbeit, ohne Heimat. »Und hier oben auf dem Platz, POP? Hier gilt das alles nicht – keine Kriminellen, keine Arbeitslosen, keine Asylanten. Hier oben, so scheint es, haben wir die heile Welt. In Ordnung bei Tag und Nacht. Wer hier wohnt, hat oft sogar eine Zweitwohnung, nicht wahr?«

»Ach ja? Da wissen Sie mehr als ich, Maiko. Ich kenne meine Nachbarn hier überhaupt nicht. Es ist, als wären sie aus Glas, wie die Wände hier. Opfer des Fortschritts sozusagen. Doch im Ernst: Was fürchten Sie? Den Sozialneid der Straße? Eine Erstürmung der Bastille?«

Meine junge Kollegin – vielleicht noch etwas jung für ein Doppelleben, für die gleichzeitige Verwendung auf der Bühne und im Untergrund – führte unser damaliges Dienstgespräch ziemlich allgemein. »Bastille« oder »Sozialneid« waren womöglich Begriffe, die an ihr Polizeischulwissen rührten. Ihre Entgegnung kam mir reichlich theoretisch vor. Meinte sie doch, die Armut flüchte sich hierzulande nicht mehr in die Politik, nicht mehr in politische, sondern in wirtschaftliche Verbrechen: »Vom gelegentlichen Ladendiebstahl an aufwärts. Von der Kinderbande an aufwärts. Was glauben Sie denn, POP: Dass Ihre heile Welt hier oben auf meine Straße übergreift – oder?«

»Oder umgekehrt, meinen Sie. Klar, die Türen der vielen, vielen Ladengeschäfte – da hat man alle möglichen Eier in ein Nest gelegt – stehen jedermann offen. Das kann auch gar nicht anders sein. Tausende gehen tagtäglich aus und ein, die meisten bloß einer Kinokarte, Bratwurst oder Tasse Kaffee wegen. Sicherlich eine gute Deckung für jeden, dem das Leben missraten ist – und dennoch ist er hier, verzeihen Sie das Wort, ein gläserner Kunde. Wie eigentlich alle hier.«

Genau das aber schien der jungen Dame überhaupt nicht zu

gefallen, der Preis für unsere Sicherheit. Sie schien ihr Suppe wie Brühe zu sein; eine Suppe, die sie wohl dem Staat verkaufte, doch selbst zu essen nicht bereit war. Man kannte das, selbst in Kripo-Kreisen. Gewisse technische Errungenschaften, eine Zierde meiner Dienstwohnung, schienen bei ihr den gleichen Eindruck hervorzurufen wie der Abort oder Müllschlucker.

»POP«, erwiderte sie, »wir alle lesen die Statistiken: Die Kriminalität ist ungefähr in dem Maße gestiegen wie der Konsum gesunken ist. Und wir alle wissen, warum das so ist – doch was ändert das? So gut wie nichts. Wissen ist eben doch nicht gleich Macht, oder? Was mir nicht gefällt: Unsere Art, Armut zu bekämpfen, ist Verbrechensbekämpfung en masse, und dabei bekämpfen wir die Armen, nicht die Armut. Nun, wie gesagt, das gefällt mir nicht.«

Das klang nun wieder nicht nach Schulweisheiten – eher so, als wollte die Inspektorin ins Sozialfach wechseln. Sich beruflich verändern, sich vielleicht sogar gänzlich einer brotlosen Kunst verschreiben. Gewiss gab es immer wieder Fälle im Apparat, da Nachwuchskräfte in die Krise gerieten, sobald sie zum ersten Mal »unschuldiges Blut« fließen sahen. Sobald sie vor der schrecklichen Notwendigkeit scheiterten, ihren Schock »nach Vorschrift« zu verarbeiten. Dafür besaßen umgekehrt genügend Aspiranten einen solchen Vorrat an Gefühllosigkeit und Gedankenlosigkeit, dass selbst Monster davon leben konnten. Maiko Müller aber sang, tanzte und schrieb kleine Gedichte.

Im Moment saß sie mir gegenüber auf einer Sessellehne und starrte in ihr Glas, bis darin die Eiswürfel schmolzen. Einen frischen Drink wollte sie jetzt nicht.

Die Armen bekämpften wir also. »Da wird es Ihnen entgegenkommen, Maiko, dass wir uns diesmal mit Menschenhändlern und Millionären zu befassen haben. Ein Fall wie nach Maß, ließe sich sagen.« Ich erwähnte noch einige Einzelheiten unseres Auftrages, Zeiten und Orte betreffend, und sprach zu ihr wie zu einem gebrannten Kinde, das erstmals wieder ein Zündholz gebrauchen sollte. Ihre eigentliche Frage, jene Armutsfrage, tat dabei nichts zur Sache. Hätte ich mich darauf eingelassen, wäre es wohl zu endlosen Diskussionen gekommen. Vielmehr lag mir daran, sie zu ermutigen, neu zu motivieren. Es ging wohl darum, das Übel zu verkleinern, das ihr unsere Arbeit so fragwürdig, ja anstößig erscheinen ließ.

»Wir fangen also ein paar Große«, sagte ich mit Bedacht. »Ein paar Große, die sich bereichert haben an der Armut vieler Kleiner. Sie missbrauchen die Armut anderer, benutzen sie für ihre kriminellen Geschäfte.« Das klang wie ein Kompromissangebot, ich wusste es; so hilflos und kläglich, wie ein Kompromiss nur sein konnte. Das Beste daran war, dass sie ihn schlecht ablehnen konnte.

Ein typischer Befürworter der neuentstandenen Glaspaläste, zum Beispiel aus dem Umfeld des Bezirksbürgermeisters, konnte angesichts der hohen Zweckmäßigkeit dieser Bauten gar nicht anders, als von einem »Wunder« zu sprechen. Den Atem anhaltend, hörte er hier »das neue Herz der Hauptstadt« schlagen. Miesmacher dagegen hörte man von einer »Insel der letzten Konsum-Seligen« reden; Schaulustige und Kaufhungrige, die in erdrückender Mehrheit ein bunt durchmischtes Marktvolk ergaben – eine merkantile Neuvereinigung von Menschen aus unseren neuen und alten Provinzen. Bloß eine Art »Herzschrittmacher«, meinten diese Miesmacher des Herrn Bürgermeisters, sei der gewaltige Markttempelbau aus Glas, Stahl und Beton unter einem Regenbogen von Neonlicht; wenn nicht sogar ein bloßes »Kunstherz« der wirtschaftlich ausgebluteten Stadt.

Das war starker Tobak in den Nasen aller amtlichen oder privaten Stadtplaner. Immerhin konnten sie doch mit Recht darauf verweisen, dass der neu entstandene Potsdamer Platz ganz und gar kein »gefährlicher Ort« war. Zumindest sprang hier niemals jemand aus dem Gebüsch, um von irgendeinem Unschuldigen »Geld oder Leben!« zu verlangen – oder um ihm eine bestimmte Ware aufzudrängen, von der die Produktpalette der Industrie- und Handelskammer nichts wusste. Schon deshalb nicht, weil es hier kein Gebüsch gab. Allerdings auch kaum uniformierte

Polizei. Vielmehr gab es hier einen privat-uniformierten Sicherheitsdienst in maßgeschneidertem Schwarz, der allein ein gewisses Gewaltmonopol demonstrierte und nicht zuletzt dank seiner äußeren Erscheinung, allseits bekannt durch einschlägige Hollywood-Streifen, eine Delikttoleranz von plus/minus Null verhieß. Musikanten, Bettler und Wandmaler nicht ausgeschlossen; soziale wie kulturelle Tätigkeiten ausübend, die bekanntlich aller Laster Anfang waren.

Ganz im Gegensatz zum neuen Potsdamer Platz zeigte sich die Potsdamer Straße, die zwar südlich des Platzes verläuft, die man aber deswegen kaum als die Sonnenseite bezeichnen kann. Das könnte zu Missverständnissen in vielerlei Hinsicht führen. Zeigt sie doch dort ihr zweites, ihr altes Gesicht, und dies wiederum in auffälliger Vielschichtigkeit. Renovierungsbedürftige Wohnviertel in Berliner Blockbauweise aus der Gründerzeit, durchsetzt von Altneubauten aus der Nachkriegszeit, schon in jungen Jahren verkommen, bestimmen dort das Bild. Und moderne Mietskasernen haben sich unter der Hand, wie die letzte Blumenhändlerin sagt, in einen »Sozialzoo« verwandelt, der in seinem Artenreichtum unserem eigentlichen weitläufigen Zoologischen Garten das Wasser reichen könne. Und tatsächlich blühen dort Handelsgeschäfte, für die öffentlich zu werben selbst der Wagemutigste nicht einstehen würde. Kurz: ein gefährlicher Ort. (Ob es dem Herrn Bürgermeister gefällt oder nicht.)

Fräulein Maiko Müller – eine blutjunge Deutschjapanerin, die dort unten an einer kleinen Revuebühne, genannt »Die Gartenlaube«, als singende Tänzerin oder, je nachdem, als tanzende Sängerin ihr täglich Brot verdiente (in Wahrheit nur ein Zubrot) – trällerte an diesem Ort freilich völlig ungefährdet jedes Mal um Mitternacht frei nach einem gewissen Goethe:

Ich bin heruntergekommen,
Und weiß doch selber nicht wie.
Und weiß doch selber nicht,
Wie weit ich bin heruntergekommen.

Soweit ich informiert war, hatte Fräulein Müller, die es nach eigener Aussage mächtig nach Fernost in die Heimat ihres amtlich unbekannten Vaters zog, die Potsdamer Straße keineswegs in ihr Herz geschlossen. Folglich auch keinen ihrer zahlreichen dort tätigen Freier, die sie offenbar an kurzer Leine hielt. Womöglich aber ließ der Richtige noch auf sich warten. In ihrem Fernweh oder fernen Heimweh übte sie sich jedenfalls auch täglich in der englischen Sprache – vornehmlich über alte Dichtungen, die sie sich in der »Gartenlaube« von einem klavierspielenden Studenten vertonen ließ und vermischte ihre Liedtexte gelegentlich polyglott. Nur ein Beispiel:

Keiner von euch Herren,
Keiner soll mein schwaches Herz.
Keiner soll's je verhärten.
My heart is in the Highlands,
My heart is not here. It's far from here.
Not in this Gartenlaube, no more.
Not in this fucking street, never more.
This bloody old street where we us meet.
But, meine Herren, your heart iss nich smart –
Sorry, it's dark.

Scheinbar eigensinnig bastelte Maiko an altehrwürdigen Texten herum, wie andere junge Damen an ihren Minis häkelten. Doch trug sie, oho!, am Ende eines jeden Liedes, das sie vortrug, nicht einmal das ... Fräulein Maiko, die Stripperin.

Einmal hatte ich Gelegenheit, die singende Tänzerin zu observieren. Da stand sie unter meinem Fenster am Potsdamer Platz, beobachtend die schwarzen Wolken, die darüber hinwegzogen, Krähenschwärme, die sich allabendlich auf den hohen Baukränen über den letzten Brachen niederließen. Vielleicht weil es dort oben wärmer als nahe der Erde war. Nachdenklich hatte sie den geselligen schwarzen Vögeln nachgeschaut, als sie der Lärm der Baumotoren wieder vertrieb.

Nord-Süd-Konflikt

Die alte Potsdamer Straße kannte Höhen und Tiefen. Nicht nur in aktueller gesellschaftlich-wirtschaftlicher Hinsicht, auch in historischen Ausmaßen. Ihr halbes Dutzend Versuche, einen epochalen Neuanfang anzugehen, war nunmehr erreicht. Begonnen hatte ihre Geschichte, im Grunde die Geschichte einer überlieferten Heerstraße, als ein mehr oder weniger gradliniger Verbindungsweg zwischen Berlin und Potsdam, zwischen Beamten- und Soldatenstadt, Stadtschloss und Sanssouci. Ihr vorläufiges Ende – nach König, Kaiser, Reichspräsident und Führer – aber hatte die einstige Prachtstraße, über weite Flächen zerbombt, anno '61 im Mauerwerk des Kalten Krieges gefunden. Höhen und Tiefen eben.

Fräulein Maiko, unsere Song-Stripperin, verschwendete darauf nicht viele Gedanken, verlor zumindest wenig Worte darüber. Ihr mandeläugiges Mondgesicht zur Feier des Tages operettenhaft geschminkt, von oben bis unten in rotes oder schwarzes Leder gekleidet, kehrte sie zwar manchmal der unteren Potsdamer den Rücken, überwand den überbrückten Kanal, der sich wie ein Riegel zwischen beide Straßenhälften schob, und näherte sich vorsichtig der oberen Plaza, der ehemals größten Baustelle Europas. Was sie dort suchte, musste jedem Außenstehenden verborgen bleiben. Nur so viel sei verraten: Mit ihrer Art von Kunst würde sie kaum jemals den Karrieresprung auf jene große internationale Musikbühne schaffen, die hier oben eröffnet worden war. Vielleicht einen Sportwagen kaufen? Oder Diamanten? Vielleicht bloß eine Currywurst von feinerem Geschmack? Oder wusste sie sogar von einem konspirativen Stelldichein inmitten eines Massenkinopublikums? Doch wie gesagt, Fräulein Maiko zeigte sich verschwiegen.

Was den hochgeschossenen, geballten Gebäudekomplex am neuen Potsdamer Platz betraf, so besaß sie einen gewissen Instinkt: Die ganze Sache erschien ihr eher wie eine Dauerbauausstellung, wenn nicht als eine monströse Kulissenlandschaft, die morgen wieder eingepackt werden könnte, um übermorgen – sagen wir – in Tokio oder an jedem anderen Finanzplatz der Welt aufs Neue installiert zu werden. »Mit immer denselben Hauptdarstellern, doch wechselnder Massenkomparserie«, wie sie sich insgeheim selbst erklärte. »Und mit denselben Abgründen drumherum.«

Ein Begriff wie »Potjemkinsches Dorf«, den in diesem Zusammenhang ein bestimmter Herr benutzte, von dem diese Geschichte noch berichten wird, war Fräulein Maiko nicht geläufig. Zunächst war sie an diesem Ort, der ihre Sinne leicht verwirren konnte, allein mit einem jener schicken Sicherheitsburschen ins Gespräch gekommen, dessen erste Euphorie bereits hundert Tage nach Geschäftseröffnung gemildert schien. Bald hatte sie den netten jungen Mann zu folgendem Bekenntnis hingerissen: »Nachdem unsere Weihnachtsdekoration, die fast eine Million verschlungen hat, verstaut ist, lässt sich schon jeder Dritte hier nicht mehr blicken. Bei manchen kleinen Läden ist der Umsatz mickrig oder schlimmer. Nun gut, unsere Regierung will Kaufkraft und Nachfrage steigern. Doch was nützt uns, frage ich Sie, eine künstliche Verknappung im Überfluss?«

Auf eine solche Frage war Fräulein Maiko natürlich nicht vorbereitet, hatte auch keine fixe Antwort bei der Hand. Im Übrigen ohnehin unpolitisch eingestimmt. Sie wollte schon weiterschlendern, als der freundliche Sicherheitsvertreter nachsetzte: »Wissen Sie was, schöne Frau? Ich lade Sie ins Kino ein! Hier läuft gerade die ›Titanic‹. Willkommen an Bord!« Doch in solchen Fällen, die sie längst als banal empfand, blickte sie nur gewohnheitsmäßig auf ihre goldene Armbanduhr, um sich dann mit einem Lächeln zu entschuldigen. Wollte auf sich selbst achten.

Die namentliche Erwähnung jenes traurig-schönen Luxusdampfers hatte ihr indessen zu denken gegeben inmitten des glitzernden Rampenlichts, das sie hier zu umgeben schien. War sie doch kurz zuvor im Bistro nebenan Zeugin einer denkwürdigen Unterhaltung unter Geschäftsleuten geworden. »Mag dieser fantastische Großmarkt äußerlich auch irgendwie provisorisch wirken«, hatte sie einen der Manager vernommen, »ist dieser Supertanker erst einmal ausgelaufen, lässt sich sein Kurs nur noch schwer korrigieren. Ein innerer Widerspruch zwar, doch der kann nicht geduldet werden – wer widerspricht, bremst, oder?«

Sein Partner nickte flüchtig, schien etwas zerstreut. »Yes, Sir«, hörte man ihn murmeln. Dann ließ er einen warmherzigen Blick auf der rotledernen Büste am Nachbartisch ruhen, als würde sie einen tiefen Eindruck bei ihm hinterlassen, ehe er loslegte: »Yes, Sir. It's really a place of big events, this Mall. Here we are running our show. Okay, in the long run we are all dead. But meanwhile the show must go on.« Deutsch war ihm offenbar zur Fremdsprache geworden, doch womöglich war ihm nur daran gelegen, seinen Leipziger Akzent zu verfremden.

Auch Fräulein Maiko Müller war nicht ganz unbeeindruckt geblieben. Überlegte, wo sie den beiden Herren schon einmal begegnet sein könnte. Unter der schmalen Bühne der »Gartenlaube« vielleicht? In einer ihrer Champagnerlogen? Ob man sie hier, in diesem Bistro, sogar wiedererkannte und schließlich über einen Autogrammwunsch ins Gespräch kommen würde? Nein, rasch verwarf sie diesen Gedanken wieder, starrte wie abwesend vor sich hin, grübelte vielmehr, wie sich die Parolen dieses Herrn Leipziger in ein neues Liedchen ummünzen ließen. Und welches Kostüm dafür geeignet wäre, doch auf Anhieb wollte ihr keins einfallen.

Der erste Sprecher, der den Supermarkt einem Supertanker gleichgesetzt hatte, bemerkte nun, immerhin sei der Zulauf enorm, sei also über das Werk der Bauherren von der Bevölkerung mit den Füßen abgestimmt worden, und das gelte nach wie vor, nämlich die Demokratie als eigentlicher Bauherr. Die Revolution, so schloss er, bestünde in diesem Fall darin, eine Stadt in ihrem Kern baulich statt gesellschaftlich umzuwälzen, und zwar im demokratisch legitimierten Geschäftsinteresse.

Fräulein Maiko schwirrte der Kopf, flirrte es vor ihren großen, dunklen Mandelaugen. Wohin war sie hier geraten? In ein

Verschwörernest? Verstört blickte sie zum Ausgang des Bistros hinüber, winkte gleichzeitig der Cocktailkellnerin, wollte zahlen. Die Kellnerin aber winkte nur ab – das sei schon erledigt, erklärte sie mit einem Seitenblick. Und aus derselben Richtung erklang zugleich eine einladende Stimme: »You are welcome, Miss. Where you are from? Still alone in Berlin?«

Bei diesen Herren hätte sie an diesem Abend keine Freier mehr gebraucht. Sie war jetzt leicht enttäuscht – hatte man sie offenkundig doch nicht wiedererkannt! Im Übrigen würden diese Herren, bleiche Dutzendgesichter hinter hochstilisierten Brillen, ihrer Menschenkenntnis nach wohl kaum zu den wenigen Leuten gehören, die eine Frau wie sie zu hochgeistigen Getränken einluden, um mit ihr Geschäftliches zu besprechen. Jedenfalls nicht hier an diesem Ort, wo alles geschäftliche Streben auf Sittlichkeit gerichtet schien. So versprach es doch die diskret plakatierte Hausordnung dieses auf Zuwachs angelegten Einzelhandelsanatoriums, wo überall lichte Sauberkeit eingebaut war, nirgendwo Schatten.

Daran wollte Fräulein Maiko sich halten. Andererseits wäre sie durchaus aufgelegt gewesen, ein wenig englische Konversation zu pflegen, die ihr nun versagt blieb. Das heißt, es musste wieder einmal bei einem verlegenen Abschiedsgruß bleiben: »Alone in Berlin, Mister? Not at all! The problem is, Yokusuko – my husband, you know – is always late. Always in the Stau by car. Even in our Mercedes, you know.« Klar, dass sie für diese Worte hier nur ein müdes, abgeklärtes Lächeln ernten konnte.

Anschließend war Fräulein Maiko einer Verabredung ins Kino gefolgt. Nichts mit einem versunkenen Luxusliner, vielmehr handelte das Machwerk von einer außerehelichen Beziehungskrise, und zwar ohne Untertitel. Wir trafen uns in der vereinbarten 13. Reihe links außen. Ich trug, wie gewöhnlich zu solchen Anlässen, ein dunkles Bleistiftoberlippenbärtchen sowie einen weichen Topfhut in Pepita, dazu einen Lodenmantel mit Lederbesatz und einen zierlichen Gehstock. Ihr Losungswort war: »Hello, old Latin Lover.«

Anfangs sprach sie – im Flüsterton, versteht sich – nur von ihrer momentanen Befindlichkeit. Im Moment, sagte sie, wünsche sie sich bloß, schnellstmöglich von hier wieder verschwinden zu können, weg von hier – »von all diesem kalten Marmor, polierten Granit, diesem Spiegelglas, diesem Dauerlicht von oben, von dieser eingängigen gedämpften Musik, diesen feinabgestuften Ladenlichtspielen und dergleichen mehr« – und zurück in die Tiefen und Untiefen der Potsdamer Straße, in die Niederungen des Halblichts. »Bloß weg von diesen Innovativen!« Da hatte ich zweifellos das wahre Fräulein Müller an meiner Seite, eifrig damit befasst, ihren ganz persönlichen Nord-Süd-Konflikt, den sie hier auf offener Straße festzustellen glaubte, vor mir auszubreiten, ja auszuschütten. Ihre Not, das alles nur flüsternd hervorbringen zu dürfen, schien ihr Unwohlsein kaum lindern zu können.

Erst als auf der Leinwand so richtig die Fetzen flogen, hatte sie sich selbst ein wenig abgekühlt – und kam zur Sache, zum Thema unseres Treffens, das sozusagen öffentlich stattfand und zugleich auch nicht. Dies geschah, indem sie mir einen Zettel zusteckte, und das war's dann auch für diesmal. Will sagen, in der verbleibenden Kinozeit weideten wir uns an jenem außerehelichen Melodram.

Tiefer Süden

Herr Krieg, Signor Strangularpreti, Abdullah Börrek, auch genannt Bek, und Gospodin Uralski, ihres Zeichens die anerkannten Kiezkönige – anerkannt von Freund und Feind – waren sich keineswegs immer grün. In einem wesentlichen Punkt jedoch waren sie sich alle einig: Das letztjährige Weihnachts- und Ramadangeschäft, wenn man denn von einem solchen überhaupt reden konnte, war gründlich in die Hose gegangen. Durchgefallen, wie Herr Krieg, der umgangssprachliche Ausdrucksweisen nicht besonders schätzte, zu konstatieren vorzog. Was die Sache allerdings nicht besser machte, wie ihm namentlich Maxim Semjonowitsch Uralski entgegenhielt, völlig ernüchtert.

Schuld an dieser Festpleite auf der unteren Potsdamer, dort wo sich die Straße mit einer Hochbahntrasse kreuzte, war natürlich – auch darin bestand Übereinstimmung – das eben eröffnete »Event-Shopping der Global Players« vom Potsdamer Platz gewesen, das noch den letzten Sozialhilfeempfänger samt seiner Sparpfennige angelockt habe. Alle hier im Kiez hätten das zu spüren bekommen, bis hinunter zum Ramschladen, zur Dönerbude, zum Tante-Emma-Laden und Second-Hand-Magazin. Nun gut, gewisse Etablissements und auch die Pfandleihen wären Ausnahmen vom Regelfall gewesen, hätten sogar ein erfreuliches Umsatzplus verzeichnet – doch wann in der Weihnachtssaison wäre das jemals anders gewesen? Und im Grunde konnten letztere auch davon profitieren, dass derartig spezielle Kundeneinrichtungen oben am Platz grundsätzlich nicht vorgesehen waren. Dies entsprach der örtlichen Hausordnung, sprich: der Moral einer jeden Private-Public-Partnership, die diese Formel verdiente. Wer knapp bei Kasse war und sich trotzdem nicht in der Hand hatte, war hier fehl am Platz und hatte die Wahl, mittels einer Taxikurzstrecke zum anderen Straßenende zu gelangen; die Freiheit, dort unten sein goldenes Ehesiegel für ein kurzweiliges Liebesspiel zu verpfänden. Es gibt nun mal bestimmte Sachen, die selbst ein gestandenes Mannsbild weniger genau ansieht als irgendein verludertes Frauenzimmer. Und nicht zuletzt darin, so hieß es von Amts wegen, lag angeblich der Ursprung der »unteren Potse« als ein »gefährlicher Ort« verborgen.

Die Herren Krieg, Strangularpreti, Uralski und Börrek indessen vermochten allein aus diesem Umstand heraus ihren geschäftlichen Ehrgeiz, verknüpft mit einem repräsentativen Lebensalltag, nicht zu verwirklichen. Um auf seine Kosten zu kommen, musste noch etliches mehr passieren, was das Leben aufregend und angenehm machte. Miss Maiko, von den genannten Herren abwechselnd oder, wenn man so will, gemeinsam umworben, wusste auf ihrer Mitternachtsbühne ein Lied davon zu singen:

Manche Leute, diese Sauen!,
Können es nicht lassen,
Selbst den bravsten nackten Frauen
In die Taschen tief zu fassen.
Manche Leute aber, Mist!,
Wollen's einfach nicht erkunden:
Was ein warmer Regen ist,
Fließt nach oben, nicht nach unten.
Manche Leute, oh dumme Welt!,
Begreifen's eben nur in Tranchen:
So mancher macht das falsche Geld,
Das Geld macht falsch so manchen.
Ihr aber, liebe Leute,
Ihr kommt mir gerade recht.
Denn eure dicke Marie, fette Beute,
Die gefiel mir gar nicht schlecht.

Bei diesem Vortrag, vom gehobenen Publikum besonders begeistert beklatscht, hatte die singende Tänzerin gerade auf dieses Publikum irgendwie lyrisch gewirkt – durch ihren Aufzug vermutlich: ein schwarzes, mattglänzendes, hochgeschlossenes Seidenkleid, das sie zumindest während der ersten Zeilen anbehielt.

Namentlich Herr Krieg, als Enddreißiger der Jüngste im engeren Kreis ihrer Bewunderer und Bewerber, war bei alldem am meisten um einen klaren Kopf bemüht. Dies getreu seinem anerkannten Ruf als wirtschaftsstrategischer Kopf unter den bekannten vier Kiezkönigen. Getreu auch seinem Wahlspruch, wonach ein König königlich unter allen Umständen bleibt, selbst in Unterwäsche beziehungsweise beim Anblick einer solchen. Auch sein Spitzname, wie er in der lokalen Szene geläufig war: »Koks-Krieg«, hatte dort keineswegs eine Schmälerung seiner Autorität zu bedeuten. Im Gegenteil. Offiziell handelte er übrigens mit Gebrauchtwagen, aus welchen Händen sie auch immer stammen mochten. Zwar fühlte er sich stark angezogen von den großen Mandelaugen in Maiko Müllers Mondgesicht – wirklich groß im Verhältnis zur Nase, den Ohren wie dem Mund, den er mit einer »aufgeplatzten, überreifen Knupperkirsche« verglich –, doch nicht weniger stark machten ihm bestimmte sittliche Grundsätze der singenden Tänzerin zu schaffen. Bezogen auf ihre Abstammung väterlicherseits, lauteten sie schlicht: »Der Mann, der mich in der Hauptsache will, wird sich nicht kleinlich zeigen. Wird mich auf einem Schiff, die Segel mit Parfüm getränkt, ins Japanische Meer entführen. Mir dort auf einer kleinen Insel, mein Name ins Grundbuch eingetragen, einen hübschen Teetempel errichten lassen; nicht mehr und nicht weniger.« Und bisher hatte sie tatsächlich jeden der vier Kiezkönige davon überzeugen können, dass sie anders nicht zu haben sein würde. Argwöhnisch ließ sie Herr Krieg, dem so viel Lebensfremdheit nicht geheuer war, daraufhin überwachen, wie standhaft sie etwa gegenüber jenem klavierspielenden Studenten blieb, der in der »Gartenlaube« ihre Poesie vertonte.

Bei der zweiten Strophe ihres neuen Liedes – der Stelle, da es aufgeklärt hieß, ein warmer Regen würde von unten nach oben fließen – hatte man Herrn Krieg laut seufzen hören. In der Tat!, hatte er an dieser Stelle gedacht: So spielt das Leben!, und sich flüsternd an die übrigen Herren in ihrer Stammloge gewandt: »Es ist wahr, unser Verdienst geht den Bach rauf, nicht runter. Dieser neue Platz da oben hat unserer alten Straße hier unten den Preiskrieg angesagt, den Verdrängungswettbewerb – offenkundig in dem Glauben, wir wären zum Stillhalten verurteilt. Doch sind wir das wirklich?« Nein, dieser Ansicht war man nicht, übereinstimmend nicht. Nur: Was war zu tun? Da hatte niemand eine Patentlösung parat.

Wenn der Nord-Süd-Konflikt in der großen Welt schon nicht zu lösen ist, so fragte sich Herr Krieg, wie sollten wir ihn dann in unserer kleinen meistern können? Für's Erste wirkte er ziemlich ratlos.

Hoffnungslos, doch heiter

In Berlin, da lebten bekanntlich seit jeher die Nicht-Berliner. Nicht-Sesshafte offenbar, Wankelmütige. Man wusste nie, wie lange sie bleiben und, das vor allem, wer nach ihnen kommen würde. Konservativen Statistiken zufolge, die mir vorlagen, polizeiliche Erhebungen also, hatten früher monatlich tausende Bürger auf der unteren Potsdamer Straße, im Stadtherzen also, darum gebettelt, ihr gutes Geld dort in die Gosse schmeißen zu dürfen. Vergangenheit, die nicht zurückzuholen war. Auch die örtlichen Eros-Zentren waren nicht mehr das, was sie einst gewesen. Bek Börrek etwa, bei Eingesessenen besser unter dem Namen »Bordell-Börrek« bekannt, besaß in dieser Hinsicht einen geschichtlichen Überblick, ließ sich da nichts vormachen. Nicht anders der ehemalige Polizeihauptmeister Hugo E., der, verwickelt in die Geschäftsführung des Türken (wenn man den Gerichten glauben darf), einmal irgendeinen hergelaufenen Reporter zu der Frage an mich veranlasst hatte: »Ist denn die Polizei farbenblind? Kann sie das Rotlicht nicht mehr vom Blaulicht unterscheiden?«

Meine Antwort als POP war deutlich genug: Jawohl, junger Mann, die Polizei kann, wenn sie denn will. – Ehrlich gesagt, fehlt mir für eine derartige Fragestellung, die meines Erachtens einer pseudo-kritischen Hinterhofberichterstattung entspringt, jedes Verständnis. Wo kämen wir schließlich hin, wenn der ewige Kampf der Berliner Blätter um höhere Auflagen ausgerechnet auf dem Rücken der Polizei ausgetragen würde?

Natürlich kann man das Ganze auch anders sehen, wie zum Beispiel die Reaktion des Herrn Krieg zeigte, als die Sache mit jenem gestrauchelten Exkollegen aufflog. Laut einer internen Mitteilung von Fräulein Müller habe sich Krieg recht abfällig über seinen türkischen Geschäftsfreund geäußert, wörtlich: »Schämt sich der gute Börrek nicht, sich mit den schwarzen Schafen in den Reihen der Polizei einzulassen!? Begreift er denn nicht, in welche Verlegenheit er die

Staatsanwaltschaft damit bringt?« – Im Unterschied zu einer unsoliden Presse wäre Herrn Krieg immerhin zugutezuhalten, dass er diese seine Erklärung zu dem Vorfall nicht öffentlich abgegeben hat.

Unvermeidlich ereilte Bek Börrek bald ein böser Schicksalsschlag. Dies als Betreiber einer Kette von netten, kleinen Spielsalons auf der unteren Potsdamer. Einer dieser Salons, den er liebevoll sein »Flaggschiff« nannte, ausgestattet mit viel rotem Plüsch sowie ungedeckten runden und rechteckigen Tischen, warb an der Fassade mit bunt illuminierten Spielkartenmustern unter dem Namen »Vier Damen«. Oberflächlich betrachtet ließe sich sagen, dass darin so etwas wie falsche Bescheidenheit zum Ausdruck kam; denn im wirklichen Leben verbarg sich hinter dieser Fassade mindestens ein Dutzend Damen, wenigstens im Schichtdienst von Tag und Nacht. Und sie alle wussten: »Sobald die Gäste leicht ermüden, rollt der Rubel besonders harmonisch – wie die Kugel, wenn der Croupier nachlässt.«

Eines Abends aber rief plötzlich jemand am Spieltisch: »Rien ne va plus!«, und es war diesmal nicht der Croupier, sondern ein nur flüchtig bekannter Gast. In der einen Hand eine Dienstmarke, in der anderen eine Dienstwaffe. Und wie auf Verabredung kam gleichzeitig eine Hundertschaft hereingestürmt, hübsch anzusehen in ihren Kampfanzügen, um den Spieltisch zu beschlagnahmen, noch an Ort und Stelle auseinanderzunehmen und in Einzelteilen abzutransportieren. Die gesamte Klientel wurde erkennungsdienstlich behandelt – höflich, aber bestimmt – und das Personal vom Dienst vollzählig abgeführt, leicht bekleidet oder nicht. Nur Bek Börrek, auf wundersame Weise rechtzeitig entschwunden, nicht. Er ließ am nächsten Morgen an der Tür zu den »Vier Damen« ein Schild anbringen, das besagte: »Wg. Betriebsferien vorübergehend geschlossen. Bitte bis dahin auf entsprechende Einrichtungen ausweichen.«

Indessen war auch damit Essig. Denn auch in die zitierten entsprechenden Einrichtungen hatten sich mittlerweile, wie der Bek weltläufig formulierte, »agents provocateurs« eingeschlichen, um sich von den herbeigeeilten Ordnungskräften beim »illegalen Glücksspiel« erwischen zu lassen, mal abgesehen von einem amtlich unterstellten »Handel mit Frauen und Menschen«, wie es in der Anzeige etwas missverständlich hieß. Börrek hatte daraufhin keine Wahl gesehen, als gänzlich unterzutauchen. Der Schnorchel oder Strohhalm, dessen er sich dabei bedienen konnte, war konsequenterweise der bereits erwähnte Gospodin Uralski, das heißt, sein stiller Teilhaber.

Das Spiel ist aus!, sagte sich der Bek zerknirscht. Man soll dem Glück nicht trauen! »Unsinn!«, widersprach ihm darauf Herr Krieg, wenn man sich fortan an sicheren Orten traf. »Aberglaube! Der Fehler war, den Staat in Gestalt eines Polizeibeamten am Gewinn beteiligen zu wollen, statt mit dem Staat unauffällig über einen tüchtigen Steuerbeamten ins Geschäft zu kommen. Bei einem Polizisten liegt es in der Natur der Sache, dass er am Ende immer zu viel zu wissen glaubt. Am Ende aber wird er aus der Not stets eine Tugend zu machen wissen – und zu viel reden, um sein Strafmaß zu drücken. Was weiß dagegen ein Mann von der Steuer in seinem stillen Kämmerlein? Nichts, was sich in Aussage gegen Aussage nicht abstreiten ließe!«

Wenn man sich fortan an sicherem Ort traf, ohne die untere Potsdamer verlassen zu müssen, schien ihnen unter anderem die »Gartenlaube«, Miss Maikos kleine Revuebühne, gut geeignet. Das bloße Vergnügen schien heutzutage unverdächtiger denn je, die Bühne harmloser als alles andere, die der Hauptstadt sowieso. Selbst wenn die Bühne, wie unser Nationaldichter schon verlangte, nie einem Hundestall gleichen sollte. Doch davon konnte in jener stuckvergoldeten Bude nun wirklich nicht die Rede sein, auch wenn es mal hereinregnen sollte.

In seiner jetzigen Lage, scheinbar hoffnungslos, ließ sich der Bek bei Miss Maikos Liederabenden nur allzu gern erheitern – und nebenbei von dem umsichtigen Herrn Krieg eines Besseren belehren. Aus seiner Sicht, wie hier nicht betont werden muss.

»Schmutzkonkurrenz«

Polizei und Staatsanwaltschaft aber waren noch lange nicht fertig mit dem Bek, praktisch der flüchtige Herzbube zu den nunmehr verriegelten »Vier Damen«. Andererseits: Wenn er auch unkte, das Spiel sei aus, und in Momenten tiefster Niedergeschlagenheit sogar daran dachte, eine Rückfahrkarte zum Bosporus zu lösen, so standen einem solchen Ausweg doch mehrere Hindernisse entgegen. Zum einen war er schon vor Jahren vom Islam zum Christentum übergetreten, dies aus verständlichen, womöglich sogar legitimen Opportunitätserwägungen heraus – Prostitution, von Zwangsprostitution gar nicht zu reden, wurde in der islamischen Welt schließlich mit fundamentalistischer Unbarmherzigkeit verfolgt: Neben der Ehre konnte ihm dabei leicht der Hals abgeschnitten werden, im Bewährungsfall zumindest das Gemächte. So wäre er in der Heimat nur vom Regen in die Traufe gekommen.

Zum anderen waren seine »Vier Damen«, drei weitere kleine Kasinos eingeschlossen, nur Teilglieder einer weitaus umfassenderen Kette von ortsgebundenen Unternehmungen. Hinzu kamen eine Handvoll Einzimmer-Eigentumswohnungen in Neubauten am Kiez, zwei Massagesalons, ein Videokino mit Hostessen-Service und – nicht zu vergessen – natürlich die Hoheit über die eine oder andere offene Nebenstraße an der unteren Potsdamer. Nach eigener Aussage fühlte sich Bek Börrek »verantwortlich für das Wohl und Wehe von ungefähr fünf bis sechs Dutzend ständiger Mitarbeiterinnen, ein Dreiviertel davon aus Osteuropa stammend, wo die Liebe derzeit keinen Gewinn abwirft«. Überflüssig zu erwähnen, dass hier ein höchst vermögender Mann sprach, der nichts zu verschenken hatte.

Umso höher wurde ihm jetzt von allen, die im Erwerbsleben von ihm abhingen, angerechnet, dass er den Bettel nicht einfach hinschmiss. Bei kaum einer seiner Belegschaften bedurfte es in dieser veränderten Situation eines besonderen Nachdrucks, die Arbeitszeit von täglich zwölf auf vierzehn Stunden und die

Abgaben von 70 auf 75 Prozent zu erhöhen, womit der, der bei alledem fraglos das höchste Risiko einging, ungeschmälert auf seine Kosten kam. Der Jahresverdienst an jeder einzelnen Arbeitsperson durfte, wollte man dauerhaft im Rennen bleiben, die 200 000-Mark-Grenze nicht unterschreiten – Fahndungsakte hin, Fahndungsakte her.

Die untere Potsdamer, aufgrund ihrer räumlichen Nähe zum oberen Platz amtlich nur unter der Hand als ein »Gefahrenort« geführt, war für den Bek somit selbst zur Gefahr geworden. Dass er von der Polizei, obschon im Visier, nicht kurzum hochgenommen wurde, hatte – wie er dank irgendeiner undichten Stelle im Apparat wusste – einen einfachen Grund: Die Fahndungsbehörde wollte unbedingt »Tapferes Schneiderlein« spielen; das heißt, alle möglichen geschäftlichen Verwicklungen des Bek mit Gospodin Uralski, seinem stillen Teilhaber und Einkäufer, Herrn Krieg, dessen Mischkonzern rund ums Auto auch eine Waschanlage einschloss, und Signor Strangularpreti, einem vermeintlichen »Pizza-Pasta-Paten«, all diese Verwicklungen also erst restlos auskundschaften, um am Ende aller gemeinsam habhaft zu werden. Keiner sollte dem Strafgesetz entkommen können. Das war die Theorie der Behörde.

Eine weitere Überlegung gesellte sich hinzu, was den richtigen Zeitpunkt eines kolossalen Fahndungserfolges betraf: Der Landesminister für Innere Sicherheit hätte es nicht ungern gesehen, etwa im Fernsehen, wenn dieser Zeitpunkt auf dem Höhepunkt des bevorstehenden Wahlkampfes eintreten würde. Als Politiker war man schließlich auch nur ein Mensch, was selbst den ärgsten Oppositionellen davon abhalten musste, öffentlich zu behaupten, hier würden Kriminelle als Wahlhelfer missbraucht.

Zu den scheinbar sicheren Orten, die Börrek, Krieg & Co. in den Grenzen des Kiezes künftig verstärkt für Lagebesprechungen nutzten, gehörte neben der »Gartenlaube« bei Nacht tagsüber vor allem eine gemeinsame, buchstäblich sichere Bank. Sie firmierte bereits seit den Befreiungskriegen als »Preußisch-

Nationale Depositenkasse«, kurz: PND, und zählte damit zu den einschlägigen Traditionsinstituten in nächster Umgebung. Ungestört traf man sich dort im Untergeschoss, bediente sich seiner Schließfächer und wechselte ein paar offene Worte miteinander. Worte, die an sich nichts Anstößiges hatten, wären es die Wortführer nicht gewesen.

»Schmutzkonkurrenz!«, schimpfte Gospodin Uralski mit Blick gen Norden, wo kürzlich ein riesiges Luxus-Spielkasino eröffnet hatte. Und genau das war es, was seinen Kompagnon, den Bek, am meisten wurmte. Dann aber – vom Naturell her stets bemüht, gute Laune zu verbreiten – fügte er ein überliefertes, heimatverbundenes Sprichwort hinzu: »Der Teufel weint nicht, wenn die Nonne tanzt.« Offen blieb in diesem Augenblick jedoch, was er im Einzelnen unter einer Nonne verstand und wie er mit ihr umzugehen gedachte.

Offen blieb zudem, ob die übrigen Mitglieder der Herrenrunde die von Maxim Semjonowitsch gezogene Parallele ebenso unbekümmert nachvollziehen konnten. Ihre Gesichter blieben verschlossen wie ihre Bankschließfächer, die niemals das Tageslicht sahen, allein im Kunstlicht der PND-Katakomben gediehen waren.

Schmutziger Donnerstag

In meiner Eigenschaft als POP, getarnt oder nicht, hatte ich mich gefälligst fernzuhalten von den gefährlichen Untiefen der Potsdamer Straße – und daher nur selten Gelegenheit, der »Schönen Müllerin«, wie Miss Maiko in meinen Kreisen genannt wurde, zu begegnen. Ich bedauerte das, auch wenn wir uns altersmäßig deutlich unterschieden. (Manchmal aber sind solche Unterschiede wie durch Zauber leicht vergessen.) Umgekehrt schien sie nur widerstrebend zum Potsdamer Platz zu finden und ebenso widerwillig griff sie zum Telefon, warum auch immer. Jedenfalls besaß sie von beiden Einrichtungen keine sehr hohe Meinung, kurz: Sie waren ihr nicht ganz geheuer. Was das Telefon anging, bemerkte sie einmal: »Ich möchte doch sehen, mit wem ich rede.«

Es war diesen ihren Eigenheiten zuzuschreiben, wenn ich über die Geschehnisse in ihrem unmittelbaren Wirkungs- und Einflussbereich nicht immer so im Bilde war, wie es in ihrem eigenen Interesse gelegen hätte, im Interesse ihrer persönlichen Sicherheit und körperlichen Unversehrtheit. Das möchte ich hier zu meiner eigenen Entlastung vorsorglich festgestellt haben. Auf diese Weise nämlich war es mir nicht jedes Mal möglich, die Winkelzüge des Kleeblatts Börrek-Krieg-Strangularpreti-Uralski rechtzeitig zu durchschauen – was erst recht von der mandeläugigen Müllerin schon aufgrund ihrer physischen Nähe zu den kommenden Ereignissen nicht zu erwarten sein würde. Schon deshalb hätte ich stets lückenlos auf dem Laufenden gehalten werden müssen.

Ein praktisches Beispiel. Zwar hatte die Müller jenem folgenschweren Treffen der Herren Krieg & Co. im ungewissen Licht der PND-Katakomben natürlich nicht beiwohnen können, zumal sie zur Mittagsstunde als Bühnenkünstlerin noch in den Federn gelegen haben dürfte, doch waren ihr wie üblich einige der wichtigsten Gesprächsfetzen unverzüglich hinterbracht worden. In diesem Fall von einem Bankangestellten, der in finanziellen Schwierigkeiten steckte, was ihr erlaubte, helfend einzuspringen. Doch statt mir die originalen Gesprächsaufzeichnungen zur Analyse zukommen zu lassen, hatte sie die entsprechenden Anweisungen auf ihre Weise ausgelegt. Hatte das von Uralski angesprochene Verhältnis von »Nonne und Teufel«, diese Beziehung zwischen Tanz und Tränen, offenbar für bare Münze genommen, für höchst alarmierend gehalten – und zum Gegenstand einer verschlüsselten Adresse an mich gemacht.

Das war an sich nichts Ungewöhnliches. In der Höhle des Löwen sitzend, hatte sie sogar allen Grund, so unverfänglich wie irgend möglich vorzugehen. Zur Übermittlung von Nachrichten oder Botschaften wählte sie daher das am wenigsten verdächtige Medium – die volle Öffentlichkeit. Das heißt, sie baute ihre eiligsten Hinweise oder Warnungen, die mich über Mittelsmänner erreichen sollten, oft in jene ihrer Bühnenlieder ein, die sie als Zugaben vortrug. Folgerichtig sang sie in jener Nacht, nachdem besagte Bankkunden in den Kellern der Preußisch-Nationalen das Thema »Schmutzkonkurrenz« beratschlagt und daraus ihre Konsequenzen gezogen, sprich: neue Pläne zum Schutz ihrer Geschäftsinteressen geschmiedet hatten, sang sie in jener Nacht das folgende kleine Lied:

Aufgepasst, du stolzer Husar!
Und vergiss, was einmal war.
Mit den Brüdern aus Bengalen,
Mit den neuen Orientalen,
Ist nicht mehr gut Kirschen essen.
Nein und noch mal nein.
Da muss man jetzt auch Erde fressen,
Und das haut rein.

Wenn das nicht bedeuten sollte, Achtung: Gefahr im Verzuge!, so bedeutete es gar nichts. Vom Standpunkt des Germanisten und überhaupt. Nur, das durfte mich nicht abschrecken. Im Vertrauen gesagt, konnte ich bei der Entschlüsselung dieses Liedtextes davon ausgehen, dass eine Metapher wie »du stolzer Husar« an mich gerichtet war (selbst wenn mein dienstlicher Deckname etwas anderes aussagte). Dies vorausgesetzt, waren mit den »neuen Orientalen« offenkundig Börrek und Uralski gemeint, und »nicht mehr gut Kirschen essen« musste sich demnach auf ein verändertes, also verschlechtertes Verhältnis dieser »Brüder« zu Fräulein Müller beziehen. So viel ich wusste, hatten sie ihr einmal den Spitznamen »Kirschmund« gegeben.

Beim Frühstück – schwarzer Kaffee, schwarzer Tabak – ließ ich mir die Angelegenheit durch den Kopf gehen und kam zu dem Schluss: Maiko Müller musste sie in den falschen Hals bekommen haben. Ihre Befürchtungen waren übertrieben, ihre Notsignale eine Überreaktion – so schnell würde Herr Krieg und mit ihm das Kundenkonsortium der Preußisch-Nationalen nicht zurückschießen! Ich beschloss, ihre »Stille Post« für diesmal fallen zu lassen, um sie zu vergessen.

Da geschah es. Eben im Begriff, ihre Note in einen Fidibus zu verwandeln, um ihn als Lesezeichen für einen dieser nordamerikanischen Kriminalbestseller zu verwenden (ich las den Wälzer wie einen spannenden Versandhauskatalog für alle Sorten Handfeuerwaffen, Limousinen der Adelsklasse, Damenunterwäsche, Drinks, Markenjeans und Designerdrogen), da ereilte mich durch Fahrradboten ein Kassiber mehr. Eben noch die Oscar-würdigen Filmbilder dieses Kassenschlagers vor Augen, die bunte Inventarliste eines Leichenschauhauses, da holte mich der graue Alltag auf der unteren Potsdamer wieder ein.

»Vorsicht!«, las ich da in dem Kassiber des Kuriers. »Die Straße will sich sammeln zu einem Marsch gegen den Platz – die ›Schmutzkonkurrenz‹ soll mit einem ›Schmutzigen Donnerstag‹ beantwortet werden. Zur Erledigung von ›Spezialaufgaben‹ soll ein US-Profi eingeflogen werden, landet heute mittag mit Charter XL-B 030 N.Y. Wünsche einen schönen Tag, mm. (p.s.! bin telefonisch nicht erreichbar).«

Ich veranlasste vorsichtshalber alle ordnungsamtlichen Vorbereitungen, die mir notwendig erschienen, und ließ mir für die Mittagsstunde ein Taxi reservieren. Mit einem Blauen Montag war für heute Essig.

Bruder Tom, der Boxer

Berlin war wirklich einmalig, auch wirtschaftlich. Es war jetzt die einzige Hauptstadt auf dem Kontinent, die, Moskau beiseite, eine Rezession zu verzeichnen hatte. Bei einem Minus von 0,2 prozentual allerdings längst nicht so markant wie die städtische Arbeitslosenzahl, wie jene Armut, die man an den gefährlichen Orten der großen Stadt wachsen sah, wie andere dort das Gras wachsen hörten. Freund oder Feind. Zum Beispiel der Herr Krieg, der übrigens nicht nur eine Art Fachmann rund ums Automobil, sondern ebenso ein Liebhaber von Rennpferden und der Schönen Künste war; Miss Maiko eingeschlossen. Zudem verfügte er über einen bemerkenswerten Zitatenschatz. Auf die Lage seiner Heimatstadt angesprochen, erwiderte er ebenso belesen wie betrübt nur: »Im Osten residiert das Verbrechen, im Zentrum die Gaunerei, im Norden das Elend, im Westen die Unzucht, und in allen Himmelsrichtungen wohnt der Untergang.«

Ein gewisser Kästner, Erich, so erklärte Herr Krieg seinen erstaunten Zuhörern, habe dies der Stadt schon vor einem Menschenalter ins Goldene Buch geschrieben; auf dem Höhepunkt der Weltwirtschaftskrise. Berlin, so erklärte er weiter, sei in diesem Jahrhundert praktisch immer am Ende gewesen, nicht erst jetzt, wo er quasi eine neue globale Krise überall auf seiner Potsdamer Straße herumlaufen sehe, lauter gierige Afrikaner, Asiaten, Russen und Lateinamerikaner – »und dazwischen immer mehr oder weniger Berliner«; allesamt vom Turbokapitalismus eingeholt, überrundet und abgehängt für den Rest ihres Lebens – gescheiterte, verkrachte Existenzen schon zu Beginn. Die gesamte Dritte Welt eigentlich, aufgestockt durch heimische Hungerleider, eingepfercht zu Tausenden allein in jenem »Sozialzoo« auf der unteren Potse; ein hochmodernes Tag-und-Nachtasyl, das einen unserer führenden Stadtväter, im Nebenberuf Bankier, dermaßen dauerte, dass er es ausdrücklich mit Dynamit sanieren wollte.

Herr Krieg aber konnte darin keine Lösung erkennen. »Eine sogenannte heiße Sanierung«, meinte er, »also abbrennen oder einreißen lassen, sowas funktioniert doch bestenfalls als ein Versicherungscoup. Nein, nein, der Mann irrt in diesem Punkt. Warum erblickt er im Zustand dieses Armenhauses nicht eine Marktlücke, einen echten Partner für die Stadt, ganz einfach? Klar, aus irgendwelchen Gründen wären nicht alle Touristen dafür zu begeistern, doch fänden sich bestimmt genug, die sich gegen ein angemessenes Eintrittsgeld über die Halde führen ließen, und schon wäre allen Beteiligten geholfen! Im Fernsehen lassen sich die Leute ja auch keinen Krieg in Echtzeit mehr entgehen.«

Am nächsten Tag aber hatte Herr Krieg seine schlimmen Worte überschlafen, allein in seinem Doppelbett, und nahm sie wieder zurück. Er sagte auf einer erneuten Lagebesprechung im Untergrund, nunmehr darauf bedacht, eine mittlere Höhe zu halten: »Nein, liebe Freunde, ich glaube, mein gestriger Vorschlag war nicht menschenfreundlich genug. Es stünde mir schlecht an, mich mit den Zynikern in der Politik auf eine Stufe stellen zu wollen. Mit Gebrauchtwagen zu handeln ist schließlich nicht dasselbe wie ein Handel mit Menschen, die nicht mehr gebraucht werden, oder? Damit will ich sagen: Betuchte Gaffer, die sich schaudernd am Elend anderer weiden würden, auch wenn sie dafür bezahlen müssten, wären im Falle unseres ›Sozialzoos‹ ebenso wenig hilfreich wie ein Sprengmeister, Touristen nicht weniger schädlich als Dynamit. Deshalb schlage ich hier – in unserer vertraulichen Runde, wohlgemerkt! – jetzt vor, dass wir zur Sanierung dieses Armenhauses einen Sozialfonds aufmachen, einen Investmentfonds von humaner Dimension sozusagen. Nicht arbeitendes Kapital haben wir derzeit« – dabei wanderte Kriegs Blick von Bek Börrek zu Gospodin Uralski – »ohnehin reichlich zur Verfügung. Damit könnten wir nicht nur die benachbarte Schmutzkonkurrenz gegenüber der öffentlichen Meinung beschämen, was unserem Kiez zweifellos einen neuen Zustrom von Sympathisanten und Konsumenten bescheren würde, sondern uns zugleich auch an die Spitze eines Turbokapitalismus mit menschlichem Antlitz setzen. Liebe Freunde, wie gefiele euch das?«

Während Börrek und Uralski, die noch unter dem Schock der Schleifung ihrer Ladenkette standen, eine abwartende Haltung einnahmen, als käme ihnen ein solches Pilotprojekt irgendwie »spanisch« vor, ja als hätten sie noch irgendetwas zu verlieren, zeigte sich Signor Strangularpreti sofort Feuer und

Flamme. (Womöglich hatte ihn Krieg schon präpariert.) »Ich bin dabei«, sagte er trocken. »Mit drei Millionen.« Wobei er zunächst offen ließ, an welche Sorte Währung er dabei dachte. Immerhin, das Eis war gebrochen. Die anderen würden nachziehen müssen, wenn ihnen die Deckung, die Herr Krieg ihnen in schlechten Zeiten gewährte, lieb und teuer war.

Im einzelnen wurde das Projekt vorerst nicht weiter erörtert. Nur so viel: Den öffentlichen Auftakt sollte ein Kiezfest geben, ein Volksfest auf der unteren Potsdamer rund um die »Gartenlaube«, und zwar genau zur Karnevalszeit Mitte Februar, am »Schmutzigen Donnerstag«, wie es im Faschingsdeutsch hieß. Auf Bühnen unter freiem Himmel, soweit es das Wetter zuließ, sollten unter anderen Miss Maiko, das kleine Revuensemble und – die Zugnummer! – ein prominenter Boxsportler vom Kiez im Schaukampf auftreten.

Bei diesem Sportsmann handelte es sich übrigens um Frank Kriegs Zwillingsbruder Tom, der sich nach längerer Abwesenheit nun endlich wieder in heimischen Gefilden herumschlagen sollte. Vielmehr durfte er nun wieder, nachdem er irgendwie in einen Dopingfall verstrickt worden war – völlig zu Unrecht, wie er immer wieder beteuerte –, das Sportgericht jedoch unbeeindruckt eine fünfzehnmonatige Sperre über ihn verhängt hatte, verbunden mit der Pfändung seiner Kampfgage, einer Konventionalstrafe. Zwischen den Ringseilen sollte es gefälligst ebenso sauber zugehen wie auf den besten Ringplätzen dahinter.

Blinder Alarm

Im Landesamt für Innere Sicherheit und öffentliche Ordnung wäre ich als POP kaum jemals bis zur Leitungsebene gelangt, ohne den guten Rat zu befolgen, den Chefs nicht die Zeit zu stehlen. In meiner inoffiziellen Eigenschaft als Überbringer von Nachrichten, die nicht jedermann etwas angingen, verhielt es sich hier allerdings anders. Auch wenn Herr Abstreiter, der bürgerliche Name des Abteilungsleiters tut hier nichts zur Sache, von meinen Nachrichten an diesem Montagmorgen alles andere als entzückt sein konnte. »Bullshit!«, sagte er nur; ein Ausdruck, den er nach seinem jüngst vergangenen Lehrgangsaufenthalt in Washington auffällig häufig verwandte. Wir waren uns also von vornherein einig.

»Es ist nicht zu fassen!«, sinnierte er weiter. »Dass die Gang um Koks-Krieg soweit gehen würde, einen New Yorker Killer anzuheuern. Wahrscheinlich ein Kerl, der hier unter falscher Identität einreist, und der, noch ehe sein Opfer erkaltet ist, schon wieder im Flieger sitzt. Man kennt das ja. Nur, machen Sie sich da keine falschen Hoffnungen, werter Kollege – gleich bei der Ankunft am Flughafen abgreifen und einlochen, vorbeugender Unterbindungsgewahrsam gewissermaßen, ohne Interpol-Haftbefehl, nein, dafür fehlt uns noch die gesetzliche Handhabe. Sie wissen ja, der Rechtsstaat, hm. Der ehemaligen DDR ist noch lange nicht vergeben. Und im Übrigen ziert sich die leidige Opposition innerhalb der Regierung, von der nicht-regierenden ganz zu schweigen, vor den Wahlen natürlich wie die Zicke am Strick. Verdachtsunabhängige Kontrolle, ja, doch was nützt uns das!? Würde mich nicht wundern, wenn uns der Kerl einen Rotkreuzpass unter die Nase hält, wasserdicht. Oder als UN-Botschafter der Osterinseln einreist. Was uns also bleibt, wäre eine unauffällige Begleitung rund um die Uhr – wie wäre es mit der Schönen Müllerin, he?«

»Nach eigener Aussage heute telefonisch nicht zu erreichen«, entgegnete ich zu seiner großen Enttäuschung. »Hier, lesen Sie nur, sie hat's uns sogar schriftlich gegeben.«

Herr Abstreiter las einmal, las zweimal, und bekam einen gehörigen Wutanfall. Allerdings besagte das nicht viel, da es ihm sichtlich Spaß machte, Fräulein Müllers Zettel zu zerknüllen und wütig darauf herumzukauen. Endlich spuckte er ihn aus und rief noch einmal: »Bullshit!« Und damit war ich schon aus der Tür. Ich war diesen Umgangston von meinen neuen Diensträumen her nicht gewöhnt.

Schon halb und halb entschlossen, ein Opfer zu bringen und für einmal vom üblichen Montagsdienst nach Vorschrift abzusehen, um Fräulein Müller irgendwo zwischen ihrer Dienst- und davon weit entfernten Privatwohnung aufzustöbern, sah ich auf die Uhr. Es war dafür zu spät, nur gerade noch rechtzeitig, um unseren US-amerikanischen Gast am Flugplatz abzufangen. Mein Taxi war indes früher dort als seine Maschine, die Verspätung hatte. Die Wartezeit hätte durchaus gereicht, die Müllerin aufzuspüren. Während ich im Flughafenrestaurant allein zu Mittag aß, frühstückte sie wahrscheinlich eben »Bei Giovanni«, wie eines der besten unter jenen Ristorantes hieß, die Signor Strangularpreti betrieb. Doch wie ich sie kannte, würde sie sich dort am Telefon verleugnen lassen. Darin waren wir uns ähnlich: Montags kein Publikumsverkehr.

Der Mann, der es sein musste, schlenderte mit seinem Handgepäck lässig durch die Zollkontrolle, offensichtlich gut ausgeruht. Und es war nicht einmal ein Mann von lebensgefährlichem Aussehen, von rüden Manieren, von professionellem Misstrauen gegenüber einer plötzlich veränderten Umwelt gezeichnet. Im Gegenteil, er machte zwei alten Damen mit lilafarbenen Perücken Platz, erbot sich sogar, sich deren enormen Kleiderkoffer aufzuhalsen, blickte sich nicht um, nicht nach links oder rechts, marschierte einfach geradeaus und schien auch so zu denken. Ein Mann in den späten Dreißigern, dunkle Lederjacke und Wollmütze, grüner Pullover, grüne Hosen. An seinem leichten Handgepäck baumelte ein langer, schmaler Instrumentenkasten, vermutlich für eine Klarinette.

Er und kein anderer musste es sein; denn unversehens war er von drei Leuten umringt, die offenbar, nicht anders als ich, in der Halle auf ihn gewartet hatten. Zwei Männer, einer im Rollstuhl, und eine Frau, Mondgesicht mit Mandelaugen, im engen, rotledernen Kostüm. Die Männer waren mir persönlich noch nicht bekannt, nur von Fotos her: Frank Krieg und sein früherer, schwerbehinderter Prokurist. Das Trio hatte sich hier eingefunden, um Bruder Tom, den Boxer, zu begrüßen, der nach langer Abwesenheit endlich heimgefunden hatte. Die Presse war nicht informiert worden, auf dass der stadtbekannte Sportsmann nicht schon am Flugplatz von seiner Anhängerschaft überrollt wurde.

Ich wandte mich ab, um nicht gesehen zu werden, warf jemanden mit vorgehaltener Dienstmarke aus der nächsten Telefonzelle und übermittelte Herrn Abstreiter die neuesten Nachrichten aus der Berliner Unterwelt. »Ach«, meinte er nur, »die Schöne Müllerin hat den Job also von sich aus übernommen, ja? Sehen Sie, mein Lieber, ich wusste doch, dass auf die Frau Verlass ist. Bitte, werter Kollege, richten Sie ihr das aus von mir, falls es Ihnen nichts ausmacht. Und vielen Dank, Herr Kollege, für Ihre bemerkenswerte Umsicht. Bleiben Sie dran!«

Ich hörte mir das alles an, ohne die Beherrschung zu verlieren. Sollten doch diejenigen, die es sich leisten konnten, ihre Wutanfälle haben. War ich es meinem Ruf etwa nicht schuldig, keine Nerven zu zeigen, stets Haltung zu bewahren? Keine Frage.

Auf frischer Fährte

Versehentlich trat ich einem der Wartenden auf die Füße, als ich die Telefonkabine verließ, und bekam mit dem jungen Burschen auch noch Ärger. Ihm war nicht einmal mit einem »Pardon!« meinerseits zu helfen. Das war kein gutmütiger junger Hund, der sich schwanzwedelnd mit mir vergnügen wollte, nein, vielmehr einer, der nach mir schnappte. Das erstaunte mich. Hielt ich doch die jungen Neuberliner für ein williges, fügsames Völkchen, solange es nicht am Steuer saß, in der Stadtbahn, im Stadion, am Stammtisch oder auf Mallorca.

Ich übergab das Kerlchen der Bereitschaftspolizei, die ihm die Zähne schon ziehen würde.

Das war ungefähr der Moment an diesem Montag, meinem Montag, da ich fest entschlossen war, Fräulein Müller dorthin versetzen zu lassen, wo der Pfeffer wächst, um sie künftig durch eine Mata Hari zu ersetzen, die in ihrer Arbeitsdisziplin dienstliche Kassiber nicht ständig mit ihren Liedtexten vermengte. Sie war mir einfach zu fantasievoll. Vielen Dank für diese Sorte Fantasie! Vielleicht auch zu erotisch. Damit ließen sich nüchtern angelegte Großoperationen nicht durchziehen. Im Übrigen auch zu anarchisch in ihrer gesungenen Gebrauchslyrik, worin oftmals Kunst und Politik durcheinandergingen.

Im Laufe der Audienz bei Oberregierungsrat Abstreiter, just als er sich über mögliche oder unmögliche ordnungspolitische Maßnahmen verbreitet hatte, hatte mir einer dieser ihrer Songs in den Ohren geklungen:

Der Rechtsstaat, Schurken ihr!,
Ist, aufgemerkt, kein Linksstaat nicht.
Und der Kompost, Gurken ihr!,
Der beherbergt keinen Misthaufen nicht.
Und also muss der Staat von rechtswegen,
Seht das doch langsam ein!,
All das Linkische sauber wegfegen.
Sonst wird groß bei uns kein Schwein.
Nur der Rechtsstaat, all ihr Ferkel,
Der macht euch wirklich groß.
Und ein Linksstaat, ihr Berserkel,
Der zieht und nimmt euch aus die Hos'.

Auch dieser Text, den ich hier nicht kommentieren will, war mir durch Boten hinterbracht worden, und bildhaft versuchte ich mir darüber vorzustellen, in welcher Art Garderobe sie ihn abgesungen hatte. Nur eins war mir klar: Im Grunde musste es sich bei der Müller um eine Anarchistin handeln, der wir aufgesessen waren. Das wurde auch durch ihre unverhoffte Präsenz am Flughafen – abgesprochen mit Herrn Krieg, statt mit mir – zweifelsfrei bewiesen. Lediglich musste ich mich fragen, wie eine derartige weltanschauliche Einstellung ausgerechnet

Herrn Abstreiter zufriedenstellen konnte, der, bekannt als ein hartleibiger Sakristan, die Müller für den Horchposten in der »Gartenlaube« ausgeguckt hatte. Schließlich besaß der Mann Familie. Hätte es die gute, alte Toilettenfrau nicht auch getan? Wurde in deren Umfeld nicht auch gequatscht?

Umgekehrt musste ich mich fragen, wie Miss Maiko mit dem Kanzleideutsch dieses Herren fertig wurde, bei eventuellen konspirativen Treffen sowie im Allgemeinen.

Vom Tatort der Bereitschaftspolizei, die eben das bissige Hündchen ruhigstellte, wandte ich mich ab in Richtung Flughafenportal, um die Spur der Herren Krieg und Anhang aufzunehmen. Vor dem Portal zerstreute man sich und brauste in drei verschiedenen Wagen davon, doch nicht im Konvoi. Herr Krieg war im schattigen Fonds eines veritablen Straßenkreuzers verschwunden, vorn zwei bullige Steuermänner, sein Bruder Tom aber im Kleinwagen meiner tüchtigen Kollegin, der Rollstuhlfahrer in einem städtischen Behindertenbus. Mein Taxifahrer erklärte sich bereit, es mit dem Kleinwagen aufzunehmen. Gegen ein kleines Aufgeld. Dabei schien er insgeheim glücklich, seine vielen PS endlich auf die Weide der Stadtautobahn führen zu dürfen.

Es ging gen Schöneberg, erwartungsgemäß in jenen Verwaltungsbezirk, der die Potsdamer Straße einschloss. Dort wurde der verfolgte Kleinwagen auf einer Höhe zum Stehen gebracht, wo nach sechs, sieben Schritten um die Ecke das Ristorante »Bei Giovanni« lag und eine ebenso kurze Strecke dahinter schon das Ristorante »Belmonte«, Schöneberg auf italienisch also, unter vorwitzigen Nachbarn dagegen unter dem Namen »Little Italy« laufend. Dort wurde Bruder Tom, der Neuankömmling, von Fräulein Müller zu Tisch geführt, ohne weitere Begleitung. Ich hatte bereits zu Mittag gegessen, vollauf gesättigt. Hungrig war ich nur im Gemüt geblieben.

Pasta mit Putenbrust

Hier ein diesbezüglicher Lagebericht aus der Sicht des Fräulein Müller, für den öffentlichen Gebrauch leicht geglättet.

Die Begegnung der bekannten Herrschaften am Flughafen, ihr Wiedersehen nach über einem Jahr, sei demnach nicht – ich wiederhole: nicht – unter großem Hallo verlaufen. Schuld daran sei Alex Taubenschlag gewesen, der Rollstuhlfahrer. Der Zustand des Taubenschlag habe allgemeine Betroffenheit ausgelöst, insbesondere für den frisch eingereisten Tom K., der seinen alten Freund noch auf den Beinen in Erinnerung hatte. In der Zwischenzeit aber sei der Mann Opfer eines schweren, bis heute nicht recht erklärlichen Verkehrsunfalls geworden, verbunden mit dem Verlust seines Prokuristenpostens in den Unternehmen des Frank K. Was übrigens die Brüderschaft der K.-Herren betreffe, so sei deren seelische Verwandtschaft schon immer geringer gewesen als die zwischen dem Boxer und dem Ex-Prokuristen.

Alles zusammen Grund genug für ihr betretenes Halbschweigen, für jene herzliche Zurückhaltung, wie sie bei dem Vierertreff am Flugplatz festzustellen gewesen sei. Ihre, Fräulein Müllers, Anwesenheit hätte nach dem Wunsch des Frank K., der ihre persönliche Teilnahme ausdrücklich erbeten habe, eine fröhliche Auflockerung bewirken sollen, was herbeizuführen indes nicht in ihrer Macht gestanden habe. So viel zu den atmosphärischen Belangen.

Erst im »Belmonte«, wo die Müller und Bruder Tom nebst Signor Strangularpreti unter sich waren, dürfte sich die oben beschriebene Situation in gewisser Weise gewandelt haben. Dies, obschon die Bekanntschaft des Boxers mit den beiden anderen Genannten bis dahin eher flüchtig gewesen war, nicht zu vergleichen mit den intimen Geschäftsbeziehungen, die sein Zwillingsbruder zu dem Gastronomen unterhielt. Kenner behaupteten, Strangularpreti heiße eigentlich Strozzapreti, was in der Übersetzung jedoch auf dasselbe hinauslief: den Priester ersticken oder abwürgen. Seine Küchenjungs behalfen sich sowieso mit »Strip-Strozza«, wohl in dem leichtfertigen Glauben, er habe seine Finger auch in Miss Maikos Trikotagen. Wäre es so gewesen, hätte sich ihr Chef damit keineswegs vor irgendwelchen Bauernlümmeln aus den Bergen gebrüstet, die bloß notdürftig alphabetisiert waren.

Nachdem Bruder Tom eingetreten war, sein leichtes Handgepäck samt Klarinettenkasten in Sichtweite abgestellt und am Stammtisch Platz genommen hatte, baten ihn die sportbegeisterten Küchenjungs sofort um Autogrammfotos. Er gab sie ihnen, und schon wienerten sie ihre Töpfe und Pfannen, Herde und Fliesen ebenso begeistert. Die Mittagsküche war eigentlich bereits geschlossen, doch fand sich der Patron herbei, die weiße Schürze persönlich anzuziehen, empfahl sogar eine Spezialität des Hauses: sein Ziegenkäse-Risotto auf Parmesan mit Kalbsmedaillons an einer Marsala-Balsamico-Sauce, auf Rucola serviert.

Fräulein Müller beschied sich mit ihrem Lieblingsgericht, mit Spaghetti Pesto, dazu Streifen angebratener Putenbrust, und ihr neuer Boxerfreund mit einem halben Kilo Steak Tartar. Der Wirt ließ sich seinen Abscheu nicht anmerken. Verbarg ihn hinter einer Dreiliterflasche von unverfälschtem Champagner, die er anlässlich der Heimkehr des gefeierten Kiezmatadors – »von Herzen kommend« – springen ließ. Das Maß entsprang seinem eigenen Verlangen – im Nu hatte er fast die Hälfte davon selbst verzehrt. Sein Ehrengast nippte nur daran.

Schon beim Essen wollte Bruder Tom, nüchtern geblieben, das Gespräch auf seinen unglücklichen alten Freund bringen, was Fräulein Müller mit Aufmerksamkeit vermerkte, auch wenn sie sich etwas schläfrig gab. »Ach, Taubenschlag«, bemerkte sie nur schulterzuckend, und Signor Strangularpreti, seine formschönen Hände wie zur Ansicht auf das rot-weiß-grün-karierte Tischtuch bettend, schien das Thema zu Tisch gänzlich unpassend zu finden.

Er schien richtig in Schwung gekommen zu sein. »Ab Donnerstag«, rief er aus, »veranstalten wir hier auf der Potsdamer

unsere ›Fünf tollen Tage‹, einen Karneval für unser Straßen-
volk. Il Dottore Franco, Ihr Bruder, mein Lieber, hatte diese
geniale Idee. Und nicht nur das. Dieses grandiose Volksfest soll
vor allem dazu dienen, die Gründung eines populären, sozial-
verträglichen Investmentfonds anzuschieben. Ihr Bruder Frank
ist noch immer obenauf, ohne fett zu werden. Das macht ihm
so schnell keiner nach. Doch fragen Sie ihn nur selbst.« Dann
schickte er die Bedienung mit einer graziösen Handbewegung
weg und fuhr fort: »Dahinter stehen die Erfahrungen eines tätigen Lebens, wissen Sie. Ihr lieber Bruder gehört eben nicht zu
diesen risikoscheuen deutschen Zauderern. Nein, der setzt auf
Forschung und Entwicklung, auf Produktion und Marketing,
wie Sie, Signor Tom, das drüben in den Staaten sicherlich ken-
nengelernt haben – also erzählen Sie!«

Bruder Tom, nach dem Essen eine ganze Packung Gummi
kauend, begann von Neuem: »Alex Taubenschlag ist nicht mehr
im Geschäft«, unterbrach ihn Fräulein Müller, um den Wirt
im selben Atemzug zu bitten, ihnen noch mehr über die geplanten Karnevalsüberraschungen zu verraten. »Das können wir
wohl von Ihnen erwarten, wenn auch Tom und ich dort auftreten sollen – in welchem Rahmen, Giovanni, soll sich übrigens
meine Gage bewegen? Wie viel habt ihr veranschlagt dafür?«

Strangularpreti überlegte kurz. »Nun«, sagte er dann, »ich
bin bekanntlich kein Armenpfleger. An drei Mille habe ich gedacht.« Doch wusste man bei ihm nie im Voraus, ob er in Lira,
Mark oder sonstwas dachte. Es kam in diesem Fall hinzu, dass
ihm nicht anzusehen war, ob er an eine Pauschale oder in fünf
tollen Tagesgagen dachte.

Fräulein Müller ging ihm nicht ins Netz, ließ sich auf kein
Feilschen ein, sagte nur ganz allgemein: »Da muss ich Ihnen
eine hübsche Geschichte erzählen, meine Herren. Vorige Woche
bat ich den Prinzipal der ›Laube‹ um einen kleinen Vorschuss
samt einer bestimmten Gehaltserhöhung, nichts weiter dabei.
Wollen Sie hören, was er mir geantwortet hat?« Und ohne auf
eine Zustimmung zu warten, machte sie weiter: »Seine Antwort

war: ›Meine liebe Miss Maiko, ich gebe Ihnen Gelegenheit auf meiner Bühne, Ihre schöne Stimme zu erproben, insbesondere aber Ihr schönes Gesicht zu zeigen. Wenn Sie nach der Vorstellung damit nicht zurechtkommen – ist das meine Schuld?‹«

Signor Strangularpreti, seinen Römerkopf in einer überlegenden Schräglage haltend, lächelte nur wissend. Weiter zeigte er keine Regung.

»Und wollt ihr auch hören«, schloss Fräulein Müller, »was ich diesem Menschen geantwortet habe, ja?«

Der Wirt hatte sich schon vom Tisch erhoben, als er erwiderte: »Madonna! Nein, lieber nicht.« Und bei diesen Worten schob er seinem Ehrengast die Rechnung zu.

Bruder Tom blätterte ein paar Scheine von der Rolle und verabschiedete sich: »Another day, another Dollar, Mister.«

Fraulein Müller war entzückt, einen Konversationspartner in United States gefunden zu haben. Man verabredete sich für den Abend, da sie spielfrei war.

Auf der Suche

Bruder Tom war nicht entzückt, auch wenn ihn der »Kirschmund« nicht gerade gelangweilt hatte; auch nicht das gutsitzende rotlederne Kostüm seiner Tischdame. Nur war ihm durch die Gangart der italienischen Mahlzeit der letzte Rest von Enthusiasmus abhandengekommen, der ihm nach dem traurigen Wiedersehen am Flughafen geblieben war. Alex Taubenschlag, früher ein chronisch gesunder Mann, halbseitig gelähmt! Sein bester Freund und Ratgeber, geteilt in eine lebende und eine tote Hälfte. Er, der stets hungrige Boxer, hatte mindestens ein Drittel des üblichen Pfunds Tartar zurückgehen lassen – ein Vorgang, der ihm selbst in Phasen größter Niedergeschlagenheit nie untergekommen war. Und wie viele Schüsseln versalzener Suppe hatte er schon mit »Onkel Alex« ausgelöffelt! Und immer hatte der andere einen Löffel mehr genommen. Oder zwei.

Jetzt ging Bruder Tom, sein Leichtgepäck unter dem Arm, ihn auf der unteren Potsdamer zu suchen. Kannte das letzte wunderschöne Mietshaus, das aus Gründerzeiten quer zum Südende der Straße stehengeblieben war, umgeben von Nachkriegsquartieren von konservativer Moderne oder erneuerter Sachlichkeit, seit frühester Jugend. Zu Fuß, doch schnellen Schritts, ging er dorthin durch eine Gegend, streckenweise dermaßen heruntergekommen in letzter Zeit, dass er sich plötzlich so fühlte, als wäre er gar nicht verreist, als wäre er tatsächlich dort geblieben, wo er gerade herkam – aus der Bronx. Ein sonderbares Gefühl, wirklich. Dabei dachte er noch nicht auf Deutsch, nicht das Wort »wirklich«, sondern »really«.

Erst als er vor dem schönen, alten Haus stand, die rotbraune Ziegelfassade, versetzt mit ockerfarbenen Ornamenten, hinaufblickte zu einem bestimmten schmiedeeisernen Balkon, war ihm ebenso plötzlich, als sei er nie in der Bronx gewesen. Obschon er unversehens von zwei, drei Jungs begleitet war, aus deren tief liegenden Augen ihn sämtliche Laster des Lebens anzufunkeln schienen. Doch wollten sie keine Autogramme, erkannten den Sportsmann offenbar nicht, bloß den kleinen ortsüblichen »Deal«. Da stand er mit einem Bein schon wieder, wo er gerade hergekommen war. »Verpisst euch!«, pfiff er sie an. Dies mit einer Handbewegung, die überall verstanden wurde, wollte man kein weiteres Aufsehen erregen. Einer der Jungs holte eine Maultrommel hervor und spielte darauf sehr hübsch. Und Bruder Tom dachte für einen Moment an seine Klarinette.

Welche Idylle!, dachte er, als wollte er sich dagegen wehren. Dabei fühlte er sich nur irgendwie nichtig, wenigstens im Vergleich zu dem, was er an diesem Ort wiederzufinden hoffte. Auch wenn der Onkel Alex nurmehr bloß ein Krüppel war. Doch andernfalls hätte er, ein gefragter weißer Boxer, genausogut in der Bronx bleiben können. Jetzt hoffte er nur noch, keinen Schmerzpatienten vorzufinden. Er hasste Schmerzen. Und liebte das Mitleid. Obwohl er wusste, wie es einen umbringen konnte. Fand schlecht aus seiner Haut heraus, die er Runde um Runde zu Markte trug, der gute Mann.

Schon nahm er die prächtige Haustür, ohne einen Blick für die erhalten gebliebenen Jugenstildrechseleien zu haben und ohne zu bemerken, wie ihm der vermeintliche Straßenhändlernachwuchs, der mit der Maultrommel, hinterherschlüpfte. Reine Routinesache, diese flächendeckenden Beobachtungen von Zugcreisten.

Bruder Tom nahm die Treppenabsätze ins zweite Stockwerk mit Schwung, klingelte rechts an der bekannten Wohnungstür, das mehrmals, und erst als sich niemand meldete, entdeckte er das Fehlen des Namensschilds unter der Klingel. Darauf ging er in die Knie, um durch den Briefschlitz in der Tür zu spähen, sah in dem unbeleuchteten Flur die hinteren Zimmertüren offenstehen und sah, dass die Zimmer leer standen. Dann ging er die Treppen herunter, wie jemand ging, der vergeblich zu einer Verabredung erschienen war.

Unten lief er einer Alten im Schürzenkleid in die Arme, altmodisch hochgebundenes Kopftuch, doch in der Hand ein kleines, bonbonfarbiges Funktelefon, in der anderen einen Staubbesen. Hinter sich einen steinalten Mischlingshund, dem man eine gelbe Blindenbinde um den Hals geknotet hatte. Nicht die Frau, sondern der Hund war blind. Also erkannte sie den Hausbesucher sogleich.

»Ach, Tommi!«, rief sie aus, »dass Sie wieder im Lande sind!« Sie besaß eine klägliche, fast tonlose Stimme, doch einen langen Atem, und ihre kommunalen Kenntnisse waren von erster Güte, wie Eingeweihte wussten.

»Ja, wieder im Lande«, wiederholte der Boxer.

»Mein Gott, wo haben Sie bloß so lange gesteckt!? Drüben in Amiland, wie man sagt. Stimmt das? Na ja, Berlin bleibt Berlin, nicht wahr? Und der Ami bleibt ein übler Kunde, wie wir wissen, ich könnte Ihnen Sachen aus meiner Jugend erzählen – na, lassen wir das Tommi, wir hätten Sie hier gut brauchen können, besonders der Taubenschlag und Frau. Sie wissen doch von ihrem Autounfall, oder? Geht mich ja nichts an, aber Trunkenheit am Steuer, dass ich nicht lache! Tommi, haben Sie jemals erlebt, dass Ihr Onkel Alex einen in der Krone gehabt hätte? Natürlich nicht. Überhöhte Geschwindigkeit, von wegen! Hat er in seinem Wagen nicht immer wie im Schneckenhaus gesessen? Na also! Ich will ja nichts sagen, aber … Klar, an der Geschichte muss irgendwer einen Nutzen haben. Die Kripo aber konnte nichts finden. Wäre ja auch hässlich, etwas anderes anzunehmen, meinen Sie nicht, Tommi?«

Der Boxer konnte nur schwer einen Anfang finden, wunderte sich indessen, woher die Alte bei so viel Redseligkeit so viel gehört haben konnte, wie sie kundtat. Sie holt so weit aus, dachte er, wie ein Angeschlagener zum Schwinger.

»Wahr ist, mein guter Tommi, Taubenschlag ist immer ein Stimmungsmensch gewesen – aber Exzesse, nein, davon hätte ich wissen müssen.« Mit einem Ärmel ihres Schürzenkleides wischte sie sich über die Augen, hin und zurück. Ihr Rücken krümmte sich, unter dem Turban rutschte eine graue Strähne hervor. Ihre Ersatzzähne knirschten und der Boxer legte einen Arm um ihre mageren Schultern, um sie in ihre kleine Behausung zu führen. Vielleicht war das ein Moment in ihrem alten Leben, der andere wettzumachen schien. Da begann auch schon der Hund zu winseln.

Ihre bescheidene Behausung war keine schlechte Zuflucht, ein familiäres Fotomuseum in scheinbar ungeordneter russischer Aufhängung. Dazwischen vergilbte Zeitungsausschnitte und historische Stadtbildchen unter Glas. Bruder Tom, ein wenig gerührt, gestand der Alten, was er an Onkel Alex alles wieder gutzumachen vorhatte. Dazu teilten sie sich eine Flasche helles Bier.

Endlich kam sie mit der Sprache wieder heraus: »Nach ihrer Einlieferung ins Krankenhaus sind die Taubenschlags nicht mehr hierher zurückgekehrt. Haben ihre Wohnung oben auflösen lassen. Seitdem habe ich nichts mehr von ihnen gehört. Doch warum, Tommi, fragen Sie nicht Ihren Bruder Frank –

schließlich gehört ihm doch das Haus.« Das war dem Boxer allerdings neu. »Na ja, ich weiß schon, Ihr Bruder ist ein schlimmer Finger, doch Bruder bleibt Bruder, genau wie Berlin Berlin bleibt, nicht wahr?«

Draußen auf der Straße hörte er wieder den Maultrommelspieler hinter sich – und dachte an seine Klarinette. Ohne sich umzusehen, erreichte er die nächste Kreuzung, überquerte die Potsdamer und ging auf der anderen Seite an einer Wärmestube der Heilsarmee vorbei. Die Worte eines amerikanischen Filmemachers, den er mochte, fielen ihm hier ein: »Für deine Sünden bezahlst du nicht in der Kirche, sondern auf der Straße und zuhause – alles andere ist Bullshit.«

Tee für drei

Was Bruder Tom ebenfalls nicht wusste, abgesehen von den brüderlichen Immobilien: Sein Zwilling, der Herr Krieg, sah die Kirchenfrage differenzierter. Selbst kein Kirchengänger, gab er doch zu bedenken: »Der Umstand, wonach auf der kilometerlangen Potsdamer Straße weit und breit kein Gotteshaus zu sehen ist, ist sicherlich nicht ohne Bedeutung für ihren zweifelhaften Ruf, ein Sündenpfuhl zu sein, genauso dumm und faul wie eine Vielzahl ihrer Bewohner, ungebildet und arbeitsscheu. Wo man hinschaut, Sumpfhühner! Nirgendwo eine Spur unserer offenen Wohlstandsgesellschaft, weder vor noch nach der Neunundachtziger Revolution! Wer diesen Sumpf entstehen ließ, musste schließlich wissen, dass diejenigen, die ihn bevölkern, einmal schlecht dazu taugen würden, ihn trockenzulegen. Die Stützen unserer Gesellschaft. Nicht zuletzt hier stellt sich die Stadt ihr Armutszeugnis aus: Täglich zwei bewaffnete Ladenüberfälle, täglich fünf Geschäftspleiten! Da müssten doch Politik, Polizei und Kirche Hand in Hand arbeiten! Aber nein, eine einzige Kirche auf der Potse – ein orthodoxer Import auch noch, der ausgerechnet neben unserer ›Gartenlaube‹ steht!

Nein, weder Kirche noch Kapital ist es gelungen, diese Straße zu schlucken – dabei hat man doch so einen ›großen Magen‹, wie der Dichter sagt. Es ist ein Trauerspiel.«

Mitunter liebte es Herr Krieg, so gewichtig und geschwollen wie irgendein frischgebackener Minister zu reden. Das wusste sein Bruder wohl, tat ihn deshalb als einen »Schwadroneur« ab, wollte im Grunde gar nicht wissen, wovon bei ihm die Rede war. Doch jetzt, an diesem späten, nasskalten Februarnachmittag, wollte er sich bei seinem Bruder nach Onkel Alex' neuer Adresse erkundigen – mittags am Flugplatz hatte der Onkel nur stumm in seinem Stuhl gesessen und war seinem Vorschlag, ihm ins Restaurant Strangularpretis nachzufahren, nicht gefolgt. Und der Boxer wusste nicht einmal, warum. Wusste auch nicht, durch wen er von seiner Ankunft erfahren hatte. Seit bald einem Jahr hatte man nichts voneinander gehört.

Bruder Tom besaß keine Karte für eine Telefonzelle und suchte das nächstliegende Lokal, eine Teestube, auf, um anzurufen. Da traf es sich, dass er Börrek und Uralski entdeckte. Teetrinkend hockten sie an einem Ecktischchen zusammen und winkten ihm, sich zu nähern. Schon bei ihrer Begrüßung fragte er sie nach Taubenschlags Telefonnummer oder Adresse, doch zuckten die Herren nur mit den Schultern. Ob ihm der Herr Bruder nicht helfen könne, fragte der Bek zurück. Uralski grinste dabei kurz.

Am Tresen ließ er sich mit dem Büro des Bruders verbinden. Herr Krieg, beschied ihm ein Mitarbeiter, sei momentan für niemanden zu sprechen, telefoniere gerade selbst über eine Konferenzschaltung. Wie lange noch? Leider nicht absehbar, überhaupt sei bereits Büroschluss. Am günstigsten wäre ein wiederholter Anruf am nächsten Morgen pünktlich fünf Minuten vor neun Uhr. Er, der Mitarbeiter, würde einen entsprechenden Terminvermerk eintragen. »A kick in your ass«, entgegnete der Boxer grob, »and your mind will follow – doch leider reicht mein Fuß nicht so weit.« Dabei hatte der andere schon aufgelegt.

Wieder winkten ihn die beiden älteren Herren heran und

jetzt hatte er genügend Zeit, sich dazuzusetzen. Ein drittes Glas Tee stand schon bereit. Bruder Tom wärmte sich daran die Hände. Nun wollte man Auskunft von ihm über »das Leben in Amerika« haben, und diesmal wäre es vielleicht an ihm gewesen, reserviert mit einem Schulterzucken zu reagieren, doch besann er sich anders, erzählte beinahe fröhlich von einem gesitteten Autoverkehr auf den Straßen von New York City, von einer Null-Toleranz der Polizei und etwas von einer hohen Aufklärungsrate bei Delikten aller Art, Delikte im Amt nicht ausgenommen.

Die Herren wechselten das Thema. Sprachen indes nicht vom Wetter. »Februar«, sinnierte Gospodin Uralski, »Zeit des Umbruchs in der Natur – Zeit, wo die Schokolade der liegengebliebenen Weihnachtsmänner zu Osterhasen umgegossen wird. Zeit des Aufbruchs, des Neuanfangs. Schon weht ein Hauch von Vorfrühling durch unsere Straßen.« Dabei schien er wirklich nur Tee zu trinken. Wenn er ein wenig lispelte, war das nicht ungewöhnlich bei ihm. »Eine Vorahnung«, steigerte er sich, »die Vorahnung einer guten Jahresernte geht um. Ihr Herr Bruder, Herr Tom, verspricht uns eine gute Wintersaat. Anders ausgedrückt: bessere Zinsen. ›Das Geld liegt auf der Straße‹, sagte er erst gestern wieder, ›wir müssen uns nur bücken.‹ Hat er nicht recht? So veranstalten wir nun ein Straßenfest, eine Faschingswoche bei Tag und Nacht. Nennen wir es ruhig eine Werbewoche gegen die neue Schmutzkonkurrenz oben am Platz! Geworben wird dabei für eine Art Straßenfegerfonds zugunsten der Potsdamer – verstehen Sie, was ich meine, ja? Dann ist es gut, und ich muss hier nicht auf Sie einreden wie auf ein krankes Pferd, stimmt's?«

Uralski war übrigens nicht einmal bäuerlicher Herkunft, entstammte vielmehr einer alteingesessenen Moskowiter Familie, die seit Generationen Fachkräfte für den staatlichen Außenhandel abgestellt hatte. Dabei war er irgendwann in Berlin hängengeblieben. Probleme, seinen Standort nach Belieben zu wechseln, stellten sich ihm bisher nicht.

Der Boxer wischte mit einem Daumennagel über das feine Narbengewebe um seinen Mund, dann mit dem Handrücken über die Sattelnase und über die Jochbögen, die wulstig seine schönen, blauen Augen schützten. Eine Frage schien darin zu leuchten: Wo bin ich hier eigentlich? Er hatte sich den neuen Russen etwas anders vorgestellt, irgendwie aufgeklärter, fortschrittlicher, ja elitär-dynamisch. Nicht als ein dürres, ausgetrocknetes, pockennarbiges Männchen, das Blütenträumen auf Berliner Pflaster nachhing, Asphaltveilchen. Das sollte der große Unbekannte sein, der stille Teilhaber von Bek Börreks weitverzweigtem Dienstleistungsbetrieb!? Ein umtriebiger Einkäufer von adretten Studentinnen, Lehrerinnen, Kindergärtnerinnen, Krankenschwestern und dergleichen, die mit dem Versprechen einer ebenbürtigen oder wenigstens doch Mannequinkarriere von der Moskwa an die Spree geschleust wurden, wo sie dann, ach!, auf dem Strich statt Laufsteg lebenswandeln mussten, quasi leibeigene Sexsöldnerinnen zu Hochzeiten der Menschenrechte – seltsam, really!, dachte er. War wie vor den Kopf geschlagen.

Nur ein Spruch aus der eigenen Branche, einmal geschlagene Preisträger betreffend, fiel ihm dazu noch ein: They never come back; es sei denn, sie kehrten zum Catch-as-you-can in den Ring zurück. Greif, was du greifen kannst!, wie die Manager rieten.

Erst als der Bek sich vernehmlich räusperte, kehrte Bruder Tom in seinen Gedanken zum Teetischchen zurück. »Ja, wovon sprachen wir noch, ehe unser junger Freund hier hereinkam?«, wandte er sich an Uralski, als hätte ihn das Gedächtnis verlassen, das kurzzeitige. »Ja, richtig, wir sprachen, nun, immerhin, wir unterhielten uns über familiäre Angelegenheiten. War es nicht so, Maxim Semjonowitsch?« Der Russe blickte etwas fahrig zur Normaluhr über dem Tresen, offenbar seiner nächsten Verabredung entgegensehend. So wechselte der dicke Türke den Ansprechpartner: »Und Sie, junger Mann, haben Sie drüben in Amerika eine Familie gegründet, nein? Nun ja, diese amerikanischen Frauen. Sie sollen, sagt man, ihren Männern Beine machen – denselben Männern, die heute die ganze Welt in der Hand haben. Verrückte Welt! Lassen auf sich herumtrampeln! Trampeln selbst auf der ganzen Welt herum! Wo wird das enden? Was glauben Sie, junger Mann?«

»Dass ich jetzt dringend etwas Schlaf brauche. Sechs Stunden Zeitverschiebung, wissen Sie. Da wird einem ganz hohl im Kopf. Ab ins Bett, das Gesicht zur Wand.«

Draußen blickte er nicht nach rechts, nicht nach links. Trabte in Richtung seiner Wohnung, einer kleinen Neubauwohnung, die auf halber Höhe der Potsdamer in einer Seitenstraße lag, gegenüber dem alten Fernmeldeamt. Sie war in seiner Abwesenheit von einer früheren Freundin benutzt worden, die jetzt zu einem anderen gezogen war, »pro forma«, wie sie dem Boxer am Telefon gesagt hatte.

In seiner Wohnung angekommen, sah er zuerst, dass sein großes Koffergepäck bereits eingetroffen war. Es stand im Flur aufgereiht. Er hockte sich daneben und schlief sogleich ein. Verschlief seine abendliche Verabredung mit Maiko Müller. Noch im Traum verfolgte ihn der kleine Maultrommelspieler.

Besuch zu später Stunde

Der gefallene Boxer Tom K. (im US-Geschäft war er unter dem Kampfnamen »Kaplan« angetreten, sein deutscher Name wäre dort Kassengift gewesen), er hätte sich in dieser ersten Berliner Nacht nicht träumen lassen, dass er bald wie das Würstchen aus einem Sandwich herausgucken würde, fest eingeklemmt. Doch leider kennen sich die Menschen nicht gut genug, untereinander nicht und sich selbst am allerwenigsten. Doch wer bin ich, dass ich mich hier aufmandeln könnte, in ein tapferes Kämpferherz schauen zu wollen!? Ich, ein bloßer POP mit Sonderauftrag.

Fräulein Müller war nach ihrem selbstherrlichen Handstreich am Montagmittag noch am Abend desselben Tages reumütig zu den abgemachten Spielregeln zurückgekehrt, hatte mich artig über, sagen wir, die Speisekarte bei Strangularpreti informiert sowie über die Tatsache, dass sie bei der Abendverabredung versetzt worden war. Ein äußerst seltener Vorgang, der ihr wohl zu denken gab – auf das Naheliegendste, die Reisemüdigkeit des Boxers, wäre sie wohl zuletzt gekommen. Wie auch immer, dank ihrer unverzüglichen, überdies zutreffenden Berichterstattung konnte sie bei mir ein paar Punkte gutmachen – ich wollte ihre Ablösung noch einmal überschlafen.

Dazu sollte allerdings nicht viel Zeit bleiben, nachdem ich die jüngsten Informationen ebenso frisch an einen Kollegen von der Sektion OV, Organisiertes Verbrechen, weitergeleitet hatte. Der hartgesottene Mann erholte sich nur langsam von der Wirkung der Wahrheiten, die er sich von mir anhören musste.

»Der Bruder von Koks-Krieg, der Preisboxer, zurück in Berlin!? Was Sie nicht sagen!«, wunderte sich der Kollege Kriminalkommissar. »Der als Auftragsmörder angeheuert? Dieses Würstchen! Dass ich nicht lache. Die Müller sollte besser ins Literaturfach wechseln, finden Sie nicht, Verehrtester? Jedenfalls sollten wir sie künftig aus der Sache heraushalten, am besten ablösen lassen. Wie wär's mit der Garderobenfrau in der ›Laube‹? Die mag in gewissen Manteltaschen genügend echten Stoff finden, brauchte also keine eigenen Berichte schreiben. Zweifellos zweckdienlicher. Unsere Sängerin sollten wir vernünftigerweise bei der Presse unterbringen. Aber Sie wissen ja, wie beliebt sie mancherorts ist. Stimmt es übrigens, dass sie ihr Haar jetzt in gelb-lila Strähnen trägt?«

Hier musste ich den Kollegen unterbrechen, ihm sogar widersprechen. Mein nachbarschaftliches Zusammenwirken mit Fräulein Müller, bemerkte ich leichthin, gestalte sich in letzter Zeit zunehmend »vertrauensvoller, um nicht von inniger zu reden«. Was gelegentliche Fehleinschätzungen anginge, so würde ich mich davon selbst nicht freisprechen können, auch wenn sich »andere« damit schwerer täten. So weit mein freimütiges Geständnis.

»Ach, wirklich?«, krähte er daraufhin. »Dann darf ich wohl annehmen, Sie ersetzen den Boxer heute Abend bei der Sängerin, oder?«

Ich überhörte das glatt. Hier hatte Missgunst mitgespielt.

»Na, nichts für ungut«, schloss er. »Aber Dienst ist Dienst. Deshalb schlage ich vor, wir machen jetzt einen Besuch am Bett des Boxers, jetzt gleich, damit er uns nicht morgen schon rückfällig wird. Ein schlechter Ersatz für das ausgefallene Rendezvous, das muss ich zugeben. Andererseits können wir ihm jetzt schlecht unsere Tänzerin auf die Bude schicken, ohne damit Missverständnisse zu riskieren, beiderseits womöglich. Das könnte uns die Nachtruhe kosten, meinen Sie nicht, Verehrtester?«

Ja, so war er – der Herr Hauptkommissar Max-Albert Warmblut! Unser Verhältnis war zu keiner Zeit ein besonders herzliches gewesen. Gehörte er doch zu jenen Beamten, die zum Sarkasmus neigten, ungeachtet ihres fortgeschrittenen Dienstalters. Kein Vorbild für unseren charakterschwachen Nachwuchs.

Es blieb mir also nichts anderes übrig, als meinen Schlafanzug abzulegen, Toupet, Pepita-Topfhut und das Übliche anzulegen, die ganze alberne Maskerade, die bei bestimmten Lokalterminen zu meiner Dienstuniform gehörte. Unten vor meiner Haustür an der Plaza, eine Stunde vor Mitternacht angenehm verkehrsberuhigt wie irgendein Friedhof zur selben Zeit, erwartete mich ein einsames Taxi.

Tom Krieg alias Kaplan öffnete uns die Tür nicht, bevor mein Begleiter mehrmals dagegengetreten hatte. Dabei stand er noch nicht im Nachthemd. Trotzdem wollte er seine Ruhe haben, wie er uns mitteilte, obwohl (oder weil?) er meinen Begleiter, der das Wort führte, auf der Stelle wiedererkannt zu haben schien. Dennoch traten wir ein, und diesmal gab Warmblut der Tür einen Tritt von innen. Es war, als wollte er sie auf diese Weise wieder ins Gleichgewicht bringen.

»Sind Sie wahnsinnig?«, herrschte er den Boxer an. »Wir lassen Sie laufen – auf Verdacht, wohlgemerkt! –, und Sie haben nichts Eiligeres zu tun, als sich in die Staaten abzusetzen, im Gepäck ein Haufen Schulden, also Scheiße! Und haben zudem die Stirn, hier wieder einzufliegen. Das müssen Sie mir mal erklären, - in drei Worten, wenn ich bitten darf.« Warmblut bediente, sich wutschnaubend, wie es schien, aus seiner Schnupftabakdose.

»Es ist wegen Onkel Alex«, begann der Boxer kläglich. »Es ist ...« Weiter kam er nicht. Er hatte schon zu viel gesagt, wie mein OV-Kommissar fand.

»Blabla!«, brüllte er. »Lassen wir doch den Schmus! Erinnern wir uns doch: Sie erleiden hier einen Doping-K.o. Das heißt, Sie zahlen ordentlich drauf, statt sich einen Spargroschen zu verdienen. Recht so! Recht muss Recht bleiben, selbst wenn es unter die Räder des Gerichts kommt!, sollen Sie dem Sportrichter frech ins Gesicht gesagt haben. Das sieht Ihnen ähnlich – mit Ihrer eingedrückten Nase. Aus dem Ring geflogen, versuchen Sie Ihr Glück im Spiel, machen bei Bordell-Börrek horrende Spielschulden, na schön. Damit nicht genug, verdingen Sie sich bei Ihrem sauberen Herrn Bruder, ziehen für ihn einen Fünftonner aus dem Verkehr, wie man so sagt, und werden dabei natürlich geschnappt. Wie sagte doch der Richter so schön? ›Aller Anfang ist schwer, dachte der kleine Ganove – und stemmte einen Amboss, verhob sich.‹ Gab Ihnen Bewährung, der gute Mann – angeblich, ich halte das für ein Gerücht, weil die Staatsanwaltschaft in Ihnen einen lang gesuchten Kronzeugen erkannt haben wollte, ausgerechnet in Ihnen! Also gut, Sie sträuben sich zumindest nicht dagegen, wie Sie es nennen, gewissen ›Unregelmäßigkeiten‹ im Umkreis Ihrer feinen Familie, falls auffällig, nachzugehen. Und was kommt dabei heraus? Sie liefern ausgerechnet Ihren geliebten ›Onkel‹ ans Messer.«

Kaum ausgesprochen, packte der Boxer den Beamten am Kragen und brüllte zurück: »Schnauze jetzt, du Wichser!« Ich sah mich gezwungen, nach meiner Dienstwaffe zu suchen. Da hatte sich Warmblut schon selbst befreit, und mit einem metallischen Klicken waren dem Boxer die Hände gebunden. In dieser Hinsicht war mein Kollege ein Könner. Ich konnte meinen Schießprügel also steckenlassen, mir im Stillen jedoch das Strafmaß ausrechnen, das unser Opfer sich eben eingehandelt hatte. Sagen wir besser: hätte; denn es sollte anders kommen. Warmblut war nicht gerade ein Pedant, wenn es darauf ankam.

Einmal gewarnt, machte er nun in gemäßigterem Ton weiter und unterließ auch weitere Tiefschläge, zumal ein fortgesetztes Hämmern und Klopfen an Wänden und Wohnungsdecke (es war die Nacht zu einem Dienstag!) es denkbar erscheinen ließen, dass irgendein aufgescheuchter Nachbar die Polizei herbeirufen könnte. Außerdem war unser Boxer inzwischen so gut wie wehrlos. Mehr Fairness war jetzt angebracht.

»Tom, was machen Sie mit uns!?«, beschwerte sich nun der OV-Mann. Ein stiller Vorwurf in seiner rauen Stimme war nicht zu überhören. »Setzen sich einfach nach Amerika ab. Kündigen uns nicht einmal Ihre Rückkehr an. Bringen von dort nicht die besten Manieren mit. Treffen sich, kaum angereist, gleich heimlich nicht nur mit Strip-Strozza, nein, auch noch mit Börrek im Hinterzimmer. Pfui! Hat er Sie nicht um Ihre Schulden bei ihm angehauen?«

»Nein. Ich traf ihn auch nur zufällig.« Das klang ziemlich überzeugend. Vermutlich war Bruder Tom nach wie vor pleite.

Warmblut schien weniger überzeugt. »Nur zufällig?«, wiederholte er. Dabei strebte er vom Wohnungsflur, vollgestellt mit Koffern, weg in Richtung Wohnzimmer, und ich schob den gefesselten Boxer hinterher. »Schön, dass Sie es mit unserem Alten Fritzen halten, der wusste auch schon: Dreiviertel des Lebens sind vom Zufall diktiert. Schön auch, wenn Börrek nicht die Hand aufgehalten hat – dazu hätte er nämlich nicht das Recht. Sie können ihn übrigens, nebenbei gesagt, auf Schadensersatz verklagen. Sein Black Jack war immerhin nicht ganz waschecht, genauso wenig wie seine Hostessen. Sein Spielparadies hat ausgespielt, alles verloren. Nur die Parabellum bleibt ihm noch. Sie fragen, warum er nicht sitzt? Nun, das frage ich mich auch.

Vorläufiger Freigang, heißt es oben, ein vorweggenommener Hafturlaub. Mit Bewährung hat das übrigens nichts zu tun. Wie wär's also, Sportsmann, wenn wir ein wenig an ihm dranblieben? Und zwar nicht bloß an dem ollen Türken. Wollen wir uns nicht unserer ungeschriebenen Bewährungsauflagen erinnern, was?«

Damit mein anhaltendes Schweigen nicht allzu bedrohlich wurde, antwortete ich sozusagen anstelle des Boxers: »Der Ruhm eines Lokalmatadors verblasst zwangsläufig bei längerer, unentschuldigter Abwesenheit. Wie man weiß, grämt sich die Anhängerschaft, im Stich gelassen, nicht allzusehr, wenn die Justiz dann ernst mit ihm macht, seine lange Abwesenheit gewissermaßen fortsetzt, ihn, auf deutsch gesagt, einlocht. Insbesondere wenn er, kaum heimgekehrt, seine Bewährung nicht nur restlos verwirkt, indem er die Boxerfaust gegen die Staatsgewalt erhebt, sondern dadurch auch noch sein Strafmaß verlängert. Mit anderen Worten: Sie haben die Wahl, mein Freund.«

Warmblut, der nicht genug schnupfen konnte, setzte lässig hinzu: »Bei der richtigen Wahl lassen wir Ihnen diese blöden Handschellen sogar als Andenken hier. Nutzen Sie also die Gunst der Stunde. Nur lassen Sie uns nicht lange warten!« Er zog seine Uhr aus der Westentasche. »Eins, zwei, drei – los! Oder lieber: sieben, acht, neun – aus!?«

Tom Krieg alias Kaplan bewegte kaum merklich den Kopf. War es ein Nicken oder etwa ein Schütteln? »Wäre ich bloß drüben geblieben«, murmelte er sichtlich erschüttert. »Oder wenigstens zu meiner Verabredung heute Abend gegangen. Vorbei. Also, was wollt ihr von mir?«

Der Kommissar nahm ihm die Handschellen ab, Bruder Tom ließ sie achtlos fallen. Der Kommissar reichte ihm einen Zettel mit der Adresse von Alex Taubenschlag, Bruder Tom steckte ihn in seine Brieftasche. Der Kommissar beschied ihm: »Ihre verpasste Verabredung dürfen Sie morgen Abend nachholen – dabei erfahren Sie, was wir von Ihnen wollen. Notfalls wenden Sie sich an einen Jungen mit Maultrommel. Wir sehen uns hoffentlich nicht wieder. Noch Fragen?«

Zweiter Teil

Das Herz von Berlin, pinselrenoviert

Was ist das, was in uns lügt, hurt, stiehlt und mordet?
G. Büchner

Ein Balkon mit Aussicht

Der nächste Dienstag, der zweite im Februar, kam wie jeder andere. Oder auch nicht. Letztlich waren wir in der Nacht zuvor nicht ganz erfolglos geblieben. Hätten Bruder Tom geradezu erfinden müssen, wäre er uns nicht irgendwie treuherzig in die Arme gelaufen, dem Kollegen OV-OK dazu noch in den Arm gefallen. Bedenken Sie Ihre Lage!, hatte ich dem Faustkämpfer nicht umsonst geraten, Profi, der er war. Eine Karriere ist kein Glücksspiel, wie Sie wissen. Andererseits war der Mann in seiner Einsichtigkeit fortan in einer Art und Weise an meine engste Mitarbeiterin, an Fräulein Müller, gebunden, die mir nicht recht behagen wollte. Wie sollte sie wohl in der ständigen Begleitung eines anderen, die nun anstand, ihre volle berufliche Befriedigung finden? Auf der Bühne wie hinter den Kulissen.

Nun denn, Warmblut hatte durchscheinen lassen, das alles sei so und nicht anders von oben beschlossen, hätte somit seine Richtigkeit, zumindest was die Richtung unseres Vorgehens anginge, und damit nähme wohl alles einen ordentlichen Verlauf.

Zweifel, wie ich sie in diesem Zusammenhang wahrscheinlich mit Bruder Tom teilte – aus unterschiedlichen Gründen selbstredend – hielt unsereiner da besser zurück. Derzeit war alles auf Konsens eingestimmt, überall in unserer unverdient geplagten Stadt.

So oder so ähnlich musste an diesem frühen Dienstag wohl auch Herr Krieg, des Boxers Bruder, empfinden. Dies bei einer erneuten Versammlung mit den bekannten Geschäftsfreunden, auch diesmal angesichts der Schließfächer im Bauch der Preußisch-Nationalen, wo der genius loci ihnen einzugeben schien: Hier durfte einer noch Mensch sein! Hier verbreitete sich Herr Krieg nicht allein über den Karnevalsumzug, der vor der Tür stand; nein, zugleich vertiefte er sich in sein Investmentprojekt zwecks Sanierung der benachbarten Slums. Er habe mittlerweile, so ließ er wissen, sogar einen »verdienten Stadtrat« für das geplante Unternehmen »gewinnen« können, direkt an dessen – wie es so hübsch heiße – Amtssitz. »Sein Name und Parteibuch tun jetzt nichts zur Sache – ich nenne ihn mal ›Doktor Knäckebrot‹, wie irgendeinen verdorrten, saftlosen Sozi. Was den Mann besticht, ist die schlichte Wahrheit, derzufolge man jedes Großunternehmen mit Kleingeld aufziehen kann.« Und mit Betonung: »Man muss es nur wollen!«

Er endete mit den Worten: »Berlin erlebt zwar die meisten Pleiten, aber zugleich auch die meisten Neugründungen – oder umgekehrt, wenn man denn unbedingt schwarzsehen will. Ich nicht, nein! Lassen Sie uns nicht zu den Modernisierungsverlierern gehören, meine Herren!« Strangularpreti applaudierte, rief dreimal »Viva!« und »Da capo!«, einmal »Drei Millionen!«.

Bek Börrek und Gospodin Uralski dagegen schienen sich zu langweilen; der eine putzte seine Brille, der andere seine Nase. Der beleibte, unausgeschlafen wirkende Türke warf ein: »Nichts gegen Ihr soziales Empfinden, Meister. Ich weiß, Sie sind so etwas, was man Überzeugungstäter nennt, hierzulande. Haben ein Herz für die Schlechterverdienenden, und das ist gut so. Doch ich frage die Anwesenden: Müssen wir uns unbedingt für die zahlreichen Bimbos, Fidschis und die anderen Kanaken verausgaben, die im ›Sozialzoo‹ ihre Fluchtburg gefunden haben, für all die Asylanten und Terroristen? Was soll die öffentliche Meinung dazu sagen? Wird man nicht mit dem Finger auf uns zeigen? Maxim Semjonowitsch, wie denken Sie darüber?«

Da schnitt der Italiener dem Russen das Wort ab und sprang in die Bresche. »Signori«, begann er, »ich will Ihre Bedenken weder totschweigen noch totreden. Dafür kennen wir uns zu gut. Nur eins: Haben Sie denn wirklich schon vergessen, mein lieber Freund Abdullah, dass Sie selbst keineswegs von ungewisser Herkunft sind – wie ein Trottel glauben könnte, wenn er Sie so hört –, sondern selbst einmal aus der wunderschönen Türkei hierhergekommen sind, aus dem großartigen Osmanenreich, wie? Jene anderen Zuwanderer aber, von denen Sie gesprochen haben, das ist wahr, besitzen keineswegs eine so ruhmreiche, stolze Herkunft wie Sie, mein türkischer Freund. Warum also sollten wir denen ihren Aufenthalt hier nicht gönnen?«

»Ich sprach von Geld«, gab der Bek kurzangebunden zurück, »nicht von Beweisen römischer Redekunst.«

Herr Krieg schloss die Sitzung mit dem Vorschlag, den umstrittenen Tagesordnungspunkt auf den Abend zu verschieben, in die ›Gartenlaube‹. Vorerst war seine Geschäftsidee kulturell teilweise schlecht wahrgenommen worden. Was fehlte, waren nackte Zahlen. Zahlen, die zumindest auf den ersten Blick die Illusion der nackten Wahrheit nicht gänzlich zerstörten. Hauptsache Zahlen; am besten solche, die den Charme von Glückszahlen besaßen.

Die Zahl ist das Wesen aller Dinge, sagte ihm eine innere Stimme, ein Nachklang der Antike, als man sich zu viert in den Aufzug quetschte, um ins lichte Erdgeschoss der Depositenkasse zurückzukehren. Die Luft war ihnen knapp geworden in dem engen Lift, doch gab er den Herren den nötigen Zusammenhalt zurück. Waren es ein paar Exoten denn wert, fragte man sich im Gedränge, sich geschäftlich zu entfremden?

Eigentlich hatte Frank Krieg seinen Skeptikern ins Gewissen reden wollen, um ihnen zu bedeuten: »Seht mal, die aus dem Osten jetzt zu uns kommen, das sind bloß die Kinder unserer früheren Arbeitssklaven, und die aus dem Süden nur die Kindeskinder unserer einstigen Kriegssklaven – koloniale Freiwillige, wie sie damals hießen. Ihre Väter und Vorväter müssen ihnen diese traurige Vergangenheit entweder verklärt haben, woran ich persönlich nicht glauben möchte, oder es reicht bei ihnen zuhause die Tischdecke nicht, was uns, die wir nicht gerade darben, doch zu denken geben müsste. Daher denke ich: Lasst uns Honig daraus ziehen! Lasst uns den Unbemittelten etwas geben, wenn auch nicht ganz so viel, wie es uns selbst einbringen sollte. Ich denke, darauf könnten wir uns wohl verständigen. Wie stehen Sie dazu?«

»Menschheitsbeglücker!«, hätte es womöglich zurückgeschallt. »Weltverbesserer! Ideologe! Altliberaler! Gleichmacher! Salon-Bolschewist!« – und was der nützlichen Idiotie sonst noch entspräche. All das hätte Herr Krieg befürchten müssen, worauf er sich seinen Einspruch geschenkt hatte. Zu glauben, das Werk der Volkspädagogik würde den wünschenswerten Gewinn abwerfen, wäre seiner Lebenswelterfahrung ohnehin zuwidergelaufen.

»Lassen wir uns heute Abend also reinen Wein einschenken!«, verabschiedete er sich. »Von der Bühne herunter.« Damit gefiel er.

Fräulein Müller schmunzelte. Eben hatten wir uns die ein wenig verunglückte Aussprache zwischen Herrn Krieg & Co. in einer Direktübertragung aus dem Bankbunker angehört. Sie klang ziemlich hohl in unseren Kopfhörern, auch atmosphärisch gestört. Veraltete Technik bei knappen Kassen, doch besser als nichts. Außerdem hatte die Müller, einbestellt zum zweiten Frühstück, zum besseren Verständnis eine Flasche Sekt mitgebracht, Hausmarke. Sie besaß einen Nachlass auf das Zeug. Es beruhigte mehr, als dass es einen aufmöbelte.

»Jetzt denken wir uns mal fünf Minuten Pause«, sagte sie und nahm die Kopfhörer ab. Meinetwegen fünfzehn, kam ich ihr in Gedanken entgegen, fragte sie, ob es ihr in meinem Arbeitszimmer, überheizt durch einen ganzen Haufen meldetechnischer Apparaturen, nicht zu warm werde. Sie bejahte und ich folgte ihr in den benachbarten Empfangsraum. Sie trug eine derart einengende Korsettage unter dem Hosenanzug, dass es den Hintern wie beim Huhn herausdrückte.

Zwei-, dreimal umkreise sie das Schweinsledersofa, das Platz für eine Großfamilie geboten hätte, und erbat sich eine Wolldecke – »falls Sie eine übrig haben«. In die Decke eingehüllt, öffnete sie die Glastür zum Balkon und trat hinaus. Ich hinterher. Es war richtig kalt geworden, erst jetzt im Februar, die fahle Wintersonne beschien einen wolkenlosen, sommerlich blauen Himmel. Unter uns lag Berlin-Schöneberg, hingestreckt nach Südwest. Andere Aussichten bot der Balkon nicht.

Steil unter uns sahen wir den Binnenkanal und die Brücke über dem dunkel glänzenden Gewässer, bevölkert von Enten und Schwänen, Tauben und Möwen an der Uferböschung. Die Brücke führte von der Potsdamer Straße zum Platz hinauf. Diesseits lagen Philharmonie, Nationalgalerie und Staatsbibliothek. Am Gegenufer wohlhabende Quartiere aus neuer und alter Zeit zur Rechten der Brücke, links in schleichendem Verfall hohe Blöcke des sozialen Wohnungsbaus. Dort, so wussten wir, fuhr in dieser Stunde Bruder Tom einen Rollstuhlfahrer spazieren, quer durch einen schmalen Nachbarschaftspark.

»Nicht wahr«, sagte Maiko Müller, »es sieht nicht gut aus für die beiden?«

»Aber da unten«, entgegnete ich, »weht der Wind immerhin nicht so kalt wie hier oben.« Und das war keineswegs übertrieben. Sie hatte gut reden im Schutz der Wolldecke.

Einmaleins für Anleger

Schuld war die unsichtbare Hand, nicht ich. Schatten, düstere Schatten warf die nördliche Schöneberger Skyline auf die Straße unter dem Kanal. Das Unheil warf seine Schatten voraus. Niemals möge die Stimme der Kritik mir irgendeine Verantwortung unterstellen für die Untaten, die ihre ersten Vorboten stets im Schmutz der Straßen fanden. Ich erzähle hier lediglich davon, beschreibe nur mit dem Abstand des Entsetzens, wie diese Untaten ihren Lauf nahmen. Gelenkt von jener Hand eben, die ich nach dem Wort eines berühmt-berüchtigten Ökonomen – sein Name in deutscher Übersetzung: Schmidt, Adam bleibt Adam – die »unsichtbare« nennen möchte. Sie lenkt und leitet, wie Schmidt durchaus redlich nachzuweisen hoffte, um alles, aber auch alles wiedergutzumachen, was in der Volkswirtschaft einmal dumm gelaufen war. Nur hatte der gute Mann eine Kleinigkeit außer Acht gelassen: Die Unredlichkeit menschlicher Naturen, die zwar fleißig Riesenreichtümer anhäuften, darüber jedoch verga-

ßen, sie wenigstens im wohlverstandenen Eigeninteresse umzu-
verteilen. So aber würde die Geschichte bloß von der Moral ausgehen: Dem Kapital blieben sieben Leben wie der Katze, dem
armen Weltbürger hingegen bestenfalls siebzig Hungerjahre.

Im Herzen von Berlin, von der oberen bis zur unteren Potsdamer Straße, durfte ich dieses Weltschauspiel alltäglich wie
durch ein Brennglas beobachten. Hätte mir, so gesehen, die
Kosten meiner Fernreisen tatsächlich sparen können. Andererseits hatten sich auf derselben Straße im unteren Bereich auffällig viele Reisebüros angesiedelt, ebenso Filialen von Be-
stattungsinstituten – bloß auf und davon in schönere Jagd-
gründe! Daneben hielten sich ein paar Läden mit Blumen und
Büchern über Wasser, über sich eine schützende unsichtbare
Hand. Auch zahlreiche Hunde waren der Gegend treuge-
blieben, wie man abends auch anhand seiner Schuhsohlen feststellen konnte – da musste noch einiges passieren, bis die Regierung begriff, was eine saubere Amtsführung war. Vornehmlich Kampfhunde, die mit ihren Hyänenkiefern Herrchen zwar
nicht immer treulich bei Fuß standen, gemeingefährlich jedoch
nur so lange waren, bis sie das Büchsenöffnen nicht selbst er-
lernt hatten. Im Übrigen wusste man nie, ob sie für die Vertrei-
bung der Ratten zuständig waren oder ob nicht die schädlichen
Nager die Straße freiwillig geräumt hatten. Es gab immer einen
Grad von Elend, wo nichts mehr zu holen war. Die Ratten,
kluge Tiere, bemerkten so etwas rechtzeitig – nur die Leute
eben, sie wunderten sich über gar nichts mehr.

Marmor und Messing im Foyer, blutroter Batist und Blatt-
gold im Bühnenraum, vor Beginn des Spektakels von Kristalllü-
stern ausgeleuchtet, Popcorn im Parkett, Plüsch und Pomp in
allen Logen, Schwaden von Tabak, Parfum und Alkohol, die
zum Plafond aufstiegen, Cocktailkellnerinnen so nackt und
bloß, als wären ihnen die eigenen Federn ausgegangen – die
»Gartenlaube« lud zur Mitternachtsschau. Eine bunte Spaßge-
sellschaft war hereingeströmt, so bunt wie das Publikum in den
benachbarten Gästehäusern, nur glänzender betucht. Darun-

ter, unübersehbar, sogar ein landauf, landab bekannter Würdenträger, der seinen roten Seidenschlips wie eine schwere Bürde trug – Spötter raunten: »Haare auf den Zähnen statt auf dem Kopf« – vertieft in einen Schwatz mit jenem stadtväterlichen Banker im tiefschwarzen Smoking, dem man noch draußen auf der Straße »Abrissbirne!« nachgerufen hatte.

Herr Krieg erkannte im Gewühl auch seinen Stadtrat »Dr. K.«; einen weiteren Verehrer der lokalen Mata-Hari-Nachbildung, einen Oberregierungsrat im Amt für Innere Sicherheit und Öffentliche Ordnung, entdeckte er indes nicht, womöglich mangels irgendeiner Kontaktsperre.

Für eine Nacht zum Mittwoch zeigte man sich allseits erstaunlich munter, nicht zuletzt im offenen Orchestergraben – die Musiker feuerten aus allen Rohren. Bruder Tom, der sich kaum hierher verirrt hätte, wäre es ihm nicht kriminalpolizeilich nahegelegt worden, klemmte hinter einer vergoldeten Säule, die wohltuend schalldämpfend wirkte.

Dort aber wurde er von Signor Strangularpreti, der weitsichtig war, bald gesehen und mit Diskretion herangewunken. In der brüderlichen Stammloge fand sich noch ein Plätzchen, ein kleiner Abstelltisch, der abgeräumt wurde. Den Flaschenkübel konnte man gut auf den Schoß nehmen. In der Dampfluft, die zum Schneiden war, eine willkommene Abkühlung.

Im Saal wurde es endlich Nacht und auf der Bühne ein wenig lebendig. Die Revue zog an, eine alleinstehende Dame zog sich aus, wenigstens bis auf eine Riesenschlange, die von der unwahrscheinlichen Dame nicht mehr als den Kopf und die Füße sehen ließ. Die Dame erschien auch ziemlich klein im Vergleich zu ihrem Umhang. Angesichts dieser köstlichen Darbietung senkte Herr Krieg seine Stimme so weit, dass die Umsitzenden näherrücken und angestrengt hinhören mussten, damit ihnen nur ja nichts entginge, und einen Python konnte man sich auch im eigenen Terrarium halten. Ohne einen Maulkorb aus durchsichtiger Angelschnüre. Vom Rest auf der Bühne ließ sich momentan absehen. Man war schlicht abgeschmackt.

»Die Philosophie unseres Sanierungsgeschäfts«, rumorte Herr Krieg, »beruht auf dem einfachen Grundsatz: Schulden in Beteiligungen zu verwandeln und Beteiligungen in Schulden. Wie ist das zu verstehen? Ganz einfach: die Besiedlungsgesellschaft ›Zu Treuen Händen‹ m.b.H. – vielleicht steckt auch nur eine gemeinnützige AG dahinter – schleppt sich mit dem Gedanken an eine Bankrotterklärung herum. Das können wir ihr ersparen. Wir steigen mit Krediten zu handelsüblichen Zinsen in den Laden ein, das erweckt von Anfang an das nötige Vertrauen. Die Mittel dazu entnehmen wir via eigene Kreditaufnahme bei unserer PNDK unserem Sozialinvestmentfonds in Gründung. Zur Sicherheit lassen wir uns von den ›Treuen Händen‹ deren sogenannten Sozialzoo überschreiben, ein Objekt, das wir der Preußisch-Nationalen wiederum als Sicherheit anbieten. Kapiert, liebe Freunde?«

Der Bek blickte wie geistesabwesend zur Bühne hinüber. Dort trieb es die scheinbar nackte Dame, in Wahrheit trug sie zum Schutz gegen das kaltblütige Tier einen fleischfarbenen Body, noch immer mit dem Python; gerade jetzt ergab sie sich einem zweiten, noch größeren, versuchte es mit beiden gleichzeitig. Der Bek sah es mit Beklemmung.

»So weit, so gut«, antwortete Gospodin Uralski auf Herrn Krieg, die geistige Abwesenheit des Bek nutzend. »Doch wer sagt uns, dass die ›Treuen Hände‹ da mitspielen, hm?«

»Die Hände selbst, Maxim Semjonowitsch. Die Hände zittern nämlich in Angst vor der Baupolizei. Beim Bau des Sozialzoos – sprechen wir künftig besser vom Armenhaus – hat irgendein hergelaufener Subunternehmer den Beton vermischt; das heißt, die Sorten B 15 und B 25 verwechselt. Das konnte nicht gut gehen auf die Dauer – Risse im Fundament, Einsickern von Grundwasser, Schwamm in den Wänden, der nach oben hinaus will. Da kann man den Mietern, dreitausend Mietern nicht ewig weismachen: ›Herrschaften, ihr müsst eure Wohnungen zur Abwechslung auch mal lüften!‹ – und mit der anderen Hand immer neue Mieterhöhungen einklagen. Das geht doch nicht, was Börrek?«

Der Bek war wieder da: »Und diesen Schuppen sollen wir kaufen!? Mit meinem sauer verdienten Geld? Soll das ein Faschingsscherz sein?«

»Wer spricht denn hier von unserem Geld, Abdullah?«, wollte nun der Russe vermitteln. »Haben Sie nicht gehört, dass hier von einem Bankkredit die Rede ist, nicht von dieser obszönen Schlangenbeschwörerin da vorn? Wir drehen der Bank das Armenhaus an und kassieren dafür noch ab. Also, leichter geht's nun wirklich nicht! Und die Bankzinsen erhalten wir von den ›Treuen Händen‹, ich meine für den Kredit. Da kneift man doch nicht!«

Mit einem Auge jedoch schielte dabei auch der Vermittler zur Szene, da nicht nur in den hinteren Reihen des Parketts neben Stöhnen kleine, spitze Schreie vernehmbar wurden. Die Reptilien waren just zu Boden gegangen, unter aller Augen. Das sagte doch genug. Die Reaktion des Publikums, ein Stakkato hörbarer Schaulust, war nur folgerichtig.

»Da sieht man mal«, kam darauf der Römer ins Geschäftsgespräch, »welche enormen Schubkräfte so ein Betonfundament entfalten kann. Namentlich wenn Treuhände am Werk sind, aus denen sich ein insolventer Charakter ablesen lässt. Gesindel! Das ist dasselbe, als würde ich, die Finger im Pizzateig, da eine mit Haschisch versetzte Hefe hineinkneten, oder? Trotzdem: Noch, Signori, vermag ich nicht zu erkennen, abgesehen von der schönen Dialektik in der Sache, inwiefern wir selbst Honig daraus saugen können, wie es Il Dottore so treffend ausgedrückt hat – heute mittag in den Katakomben, wie wir uns erinnern. Das macht mich neugierig.«

In diesem Augenblick – die Reptilien waren abgegangen, die Bühnenlichter ermattet – erschien Miss Maiko. Nicht auf der offenen Szene, sondern im Hintergrund der Herrenloge. Ihr öffentlicher Auftritt würde erst nach der allgemeinen Erholungspause erfolgen. Dramatisch geschminkt, steckte sie auch schon in ihrem leichten Bühnengewand, trug indessen – als Staubmantel sozusagen – noch einen grünseidenen Kimono darüber, moosgrün, bestickt mit weinroten Kirschblüten. Fruchtig erschien jetzt allein ihr kleiner, voller Mund. Schnell – bei einstudierter Unauffälligkeit – erkannte sie Bruder Tom, der unbeholfen auf dem Beistelltischchen saß, schenkte ihm einen kurzen, warmen Blick. Indes, er nützte ihm nicht viel bei seinen steifen Händen, die einen frischen Eiskübel hielten.

Erst Strangularpreti, dann Krieg boten ihr ihren Sessel an, doch bestand sie darauf, im Hintergrund an der gepolsterten Wand zu lehnen. »Amüsieren Sie sich, meine Herren!«, flüsterte sie charmant. »Ich bin leider im Dienst. Einmal im Sessel, käme ich so schnell nicht wieder hoch. Gefiel Ihnen die Schlangengrube? Waren Sie nicht sprachlos?« In der Tat, es habe ihnen die Sprache verschlagen, bestätigte ihr Don Giovanni. Und schon schlüpfte sie wieder hinaus, im Wandpolster einen winzigen Abdruck hinterlassend – bei Licht besehen, nur einem schwarzen Knopf ähnelnd. Und Bruder Tom, einmal aufgestanden, lehnte sich vorsichtig daneben, vorsorglich.

Neugierig auf Herrn Kriegs weitere Erklärungen waren nicht nur die versammelten Autoritäten der organisierten Kriminalität. Vielmehr auch die auf angrenzendem Gebiet.

Die Ware Liebe – oder: Geschenkt wird nichts!

Unser Boxer fühlte sich nicht wohl in seiner Haut. Schmiere!, dachte er. Bosse und Bonzen! Am liebsten wäre er nach Hause gegangen, um sich ins Bett zu legen. Ja, und dann? Mutterseelenallein. Peggy, seine Ex, lag schließlich »pro forma« woanders zu Bett. Bestenfalls würde dieser Bastard von Bulle wieder erscheinen, würde schon einen Grund finden, ihm die Fesseln wieder anzulegen. Darauf war Verlass und nur darauf, höchstens noch auf eine Polizistin. Gut, diese mandeläugige Schönheit, diese fadenscheinige Bühnenkünstlerin, hatte ihm im Vorübergehen zugeblinzelt – sowas übte schon eine Art Beruhigung aus, wirkte im Grunde aber auch beunruhigend. Im zivilen wie im anderen Sinne. Abwarten, nach dieser Mitternachtsschau würde man weitersehen.

Und was heckt hier, fragte er sich, mein Bastard von Bruder mit diesen Ganoven aus? Den Coup seines Lebens? Irgendwas, worauf Höchststrafe steht, vermutlich. Nun gut, die steht auf Dummheit ebenso, auf Anstand in Armut etwa, auf Hoffnung in Geduld. Alles Tugenden, die nicht hinreichen, um schlimmen Strafen zu entgehen – dem dauernden Verzicht auf die Erfüllung seiner Träume, was für die Elendsten bloß die dringendsten Wünsche sind. Hier draußen auf der Straße wie vorgestern noch in der Bronx. Hier wie dort stehen die Regierungsmacher unter »öffentlichem Druck«, wie die Meinungsmacher behaupten, die Höchststrafen möglichst noch zu verschärfen. Doch hätte man je von einem öffentlichen Druck gehört, die Armut abzuschaffen? Verarschung das! Doch mache ich mich hier zum Märtyrer, solche Gedanken zu spinnen? Für nichts und wieder nichts. Idiot! Was zählt, ist der Gewinn in jeder Form. Der Fischzug stromaufwärts, überhaupt der Zug nach oben. So ist das. Am besten, man schweigt sich aus darüber. Andernfalls liefern sie dich ein, ohne dass du zugegriffen hast. Selbst für deinen Irrsinn, deinen ganz persönlichen jedenfalls, bist du haftbar; es sei denn, du hältst ihn an der Macht. Damit machst du dich verdient. Es muss ja nicht gleich der starke Mann sein, dem du deine Stimme leihst. Stark bin ich selber, dachte unser Boxer.

Der Vorhang stand wieder offen, so offen wie die nächste Darbietung, nachdem der Zuschauer so stilecht wie zielsicher programmiert war. Auf die Solistin folgte ein Ensemble. An der Reihe war die Girltruppe mit einem Gelöbnis der Offenherzigkeit. Man begriff: Sie riss sich die Uniformblusen förmlich vom Leib, unter der Gürtellinie bereits bis auf ein rotfunkelndes Sternchen befreit, um sich den unbarmherzigen Beifallssalven schutzlos entgegenzuwerfen. Der Saal stand Kopf, bühnenreif. Bek Börrek sprang auf, landete beinahe auf der Logenbrüstung und nahm den übrigen Insassen die Sicht, dies unter gelindem Protest.

Die Heldendarstellerinnen waren abgetanzt, als Gospodin Uralski aufgeräumt ausplauderte: »Gesichter, die man nicht so rasch vergisst. Mir ist, als hätte ich mit der einen oder anderen schon mal die Klingen gekreuzt.«

Herr Krieg, der den Aufschneider noch als klapprigen, kleinen Autoausschlachter gekannt hatte, kaum ein Jahrzehnt zurück, zeigte sich nur mäßig beeindruckt. »Ich fasse zusammen«, rief er die Versammlung an den Konferenztisch zurück, auf das Beistelltischchen eine Handvoll Papiere ablegend, die Zahlenanalyse einer Konsultagentur. »Unser Sozialfonds – ins Leben gerufen am 2. dieses Monats, an Mariä Lichtmess, den wir daher ›Mary's Fund for a Better World‹ nennen wollen, kurz: MFBW – übernimmt also zur Sicherheit von den ›Treuen Händen‹ das marode Armenhaus und gibt es zur Sicherheit an die ›Preußisch-Nationale‹ weiter. Dies gewissermaßen auf einer imaginären Gleitschiene, gebildet durch einen Bankkredit von ca. 20 Millionen, den wir etwa zur Hälfte den Treuhänden überschreiben, und zwar zu Rückzahlungs-, zu Tilgungsbedingungen, die sich am Ende auf ungefähr 20 Millionen mindestens belaufen werden. 100 Prozent, liebe Leute, das ist nur recht und billig! Anders ausgedrückt: Friss oder stirb! Dabei denke ich – um Missverständnissen vorzubeugen, Bek Börrek – freilich an unsere Partner Pleitiers, an wen sonst!? Allerdings wollen wir im Gegenzug dafür die Sanierung des Armenhauses tragen.«

»... also doch nur ein mildtätiges Unternehmen!«, schnappte der Angesprochene ein. »Armenpflege zur Imagepflege. Und Sie, mein guter Frank, mimen dazu den König auf dem Karneval, ja?«

Niemand lachte, Uralski nur hinter vorgehaltener Hand, zumal im selben Moment ein Sensationsdarsteller auftrat – ein junger Bilderbuchathlet aus Florida, der aus zehn Meter Höhe in ein brennendes Ölfass hinabtauchen wollte. Hier ging es nicht mehr um Sport, sondern um Kunst – nicht mehr bloß um schneller, höher hinaus, sondern hinab in eine abgrundtiefe

Flammenhölle. Man durfte gespannt sein. Es handelte sich übrigens um einen weißen Amerikaner im dunklen Schutzanzug. Schwarze mochten so viel Risiko nicht nötig haben.

»Nein«, fügte Herr Krieg noch rasch hinzu, »keine Angst, meine Herren, die Sanierung des Hauses, angefangen mit einer Pinselrenovierung, übertragen wir seinen gutwilligen Bewohnern – gegen einen leistungsorientierten Mietnachlass, versteht sich. Für die Nichtgutwilligen wird sich ein Ausweg finden lassen, die Haustür zum Beispiel. Doch, bitte, erlassen Sie mir im Moment weitere Erörterungen. Sehen Sie doch den Feuerwehrmann dort oben! Wie ich höre, erhält er 1000 pro Vollbad. Und wer zahlt, wenn er die ganze Bude hier in Brand setzt? Da kommen wohl noch 2000 pro Abend für die Versicherung hinzu. Keine Ahnung, wie sich sowas rechnet. Nun gut, unser ›Laubenpiper‹ geht an die Börse. Achtung, gleich hopst er!«

Der Feuerspringer wirkte anfangs unschlüssig, man kannte das. Andere sprangen in solchen Fällen, dem entsetzten Zuschauer zu Gefallen, erst mal daneben, doch niemals aus solcher Höhe. Mein Gott, jetzt verband er sich auch noch die Augen! Und nirgendwo ein Netz! Teufel auch! Dann aber handelte er; das heißt, er bekreuzigte sich, küsste ein buntes Fahnentuch bei gesteigertem Trommelwirbel – und stürzte sich doch tatsächlich herab, dies mit einem Aufschrei, der erst mit ihm in den Flammen unterging.

Damit war der Beweis erbracht, dass er wirklich gesprungen war, womit er einen vorzüglichen Eindruck hinterließ. Hatte er es doch gleichzeitig mit der ersten Berührung des Flammenmeers fertiggebracht, dieses zu löschen – oder »wie durch Zauberhand löschen zu lassen«, wie die Abgebrühtesten unter den Zuschauern später in den Wandelgängen wissen wollten. »Nein, damit ist nicht zu spaßen«, glaubten wieder andere, nachdem dieser menschliche Feuerlöscher wieder aufgetaucht war, totenblass, um sich von einigen Assistentinnen, die auch nicht ohne waren, auf den Händen davontragen zu lassen.

Bruder Tom hatte das Ganze verpasst. Kam in diesen Minuten von der Toilette zurück, kam auch am Ambulanzraum vorbei, wo ein paar älteren Damen eben mit Riechsalz ausgeholfen wurde. Er nahm nur ein Päckchen Kaugummi zu sich. Für einen klaren Kopf.

Aufs neue in der Loge eingeschlossen, musste er sogleich eine sehr unerfreuliche Entdeckung machen: Das Knopfmikrofon war von der Polsterwand verschwunden, und es war auch nicht bloß heruntergefallen. Es war weg. Doch in welcher Tasche es sich jetzt auch befinden mochte, dort war es nicht am richtigen Platz, so viel war ihm klar. Und in der Herrenloge unterhielt man sich geradezu prächtig zum Thema »High-Tech-Ungeziefer«. Nur Uralski schien verstimmt, meinte, es sei wohl an der Zeit, mal wieder das Lokal zu wechseln, der »KGB« sei eben überall und schlafe nirgendwo, weiß Gott nicht, nein!

Zum ersten Mal an diesem Unterhaltungsabend spürte der Boxer ein Prickeln auf der Haut – es sollte noch stärker werden, doch aus anderen Gründen.

Die nächste Nummer war ein wahrhaftiger Magier, allenthalben wie eine Erscheinung angestarrt, die übernächste wieder eine musikalische Erfrischungspause, und darauf bereits – dank einer vorbehaltlichen Programmänderung – Miss Maiko. Dass sie ihren vorschnellen Auftritt selbst herbeigeführt hatte, indem sie dem Abendregisseur eine zunehmende Übelkeit weismachte, konnte in der Herrenloge freilich niemand ahnen.

»Auftritt, die Geisha!«, schnarrte der Inspizient in seinem toten Bühnenwinkel, und da huschte sie auch schon ins rosige Dämmerlicht der Rampe, um sich dort ohne Hast – anzukleiden, Teilchen für Teilchen, wie es sich für eine Dame von Ruf geziemte. Also mal andersherum. Mal was anderes, was eine Mehrheit im Publikum indessen als eine Art Beleidigung aufzufassen schien, wenn nicht als Betrug am zahlenden Gast. »Eintrittsgeld zurück!«, verlangte nicht nur einer im Parkett, worauf sie zurückpfiff: »Na, Süßer, wie viel bin ich dir wert?« Die Herrchen bekamen rote Ohren.

Die Herren in der Krieg-Loge aber stimmte das irgendwie versöhnlich. Ganz abgesehen davon, dass, wie man annehmen durfte, ähnlich rote Ohren inzwischen auch an ungebetenen Gästen hingen. Nur Bruder Tom fühlte sich unverstanden von dieser Welt.

Miss Maiko beendete ihren Auftritt mit einem Liebeslied statt mit neuen Enthüllungen. Man hatte sich mehr von ihr versprochen.

Sie und er

Die Herrenriege war, Uralskis Ratschlag folgend, ausgezogen, ihr Zufluchtsort nach der größten aller Pausen verwaist. Selbst die »Gartenlaube« galt ihr nicht länger mehr als ein lauschiger Ort, fast nirgendwo durfte man sich so unbelästigt fühlen, wie man es nach Feierabend »mehr als verdient« hatte, ärgerte sich vor allem der Bek.

Andernorts fand man ohne Verzug wieder zueinander, »Bei Giovanni«, der in seiner Feinschmeckerklause nunmehr ein Heimspiel einfädeln konnte, eine Mitternachtssitzung samt Vorstandswahlen. »Eigentlich hatte ich mir vorgestellt«, log er das Blaue vom Himmel herunter, »der Bek könnte unseren Vorstandsvorsitz übernehmen. Leider jedoch hat er sich im Voraus schon selbst davon entlastet. Ist wohl nicht richtig in Stimmung gekommen nach den letzten Razzien in seinen Freizeiteinrichtungen. Zeigt vielmehr eine fatale Neigung, unseren Sozialfonds, immerhin ein MFBW!, von vornherein schlechtzurechnen.«

»Eine bodenlose Frechheit!«, reagierte Herr Krieg mit einem plötzlichen Eifer, dem man ihm kaum zugetraut hätte. »Wer hier glaubt, beim Wiederaufbau des Armenhauses Sand ins Getriebe schütten zu müssen, wäre besser im Bezirk Kreuzberg aufgehoben, als Händler von Frischgemüse meinetwegen, oder er kehrt in seine Heimat zurück, ins Dorf, um dort Fäkaliengruben auszuheben, um sich die Bandscheiben zu ruinieren, bitte schön, nur los. Und viel Spaß dabei!«

Hilfesuchend blickte der Angesprochene zu seinem stillen Teilhaber am Unglücksspiel hinüber, doch blickte der Russe nur sinnend zu einem mediterranen Deckengemälde hinauf, Winzerinnen bei der Ernte, und sagte wie in einem Selbstgespräch: »Ein verständiger Arbeitnehmer wird niemals warten, bis der Arbeitgeber wütend wird, bevor auch er seine Pflichten erfüllt.« Da konnte auch Bordell-Börrek nicht widersprechen.

Also setzte Herr Krieg noch eins drauf, schimpfte: »Bei manchen scheint es in Mode zu kommen, über Risikokapital und Renditen zu reden, so wie manch andere sich bloß die Hände waschen.« Das wirkte nicht nur auf den dicken Türken wie ein Gnadenstoß.

»Ich darf zur Vorstandswahl bitten!« Strangularpreti klingelte mit einem Fingerring an seinem Wasserglas. »Ich bitte um Vorschläge – seitens der Stimmberechtigten, versteht sich«, erklärte er mit einem freundlichen Seitenblick auf einen fünften Herrn am Tisch, der abwehrend die Hände hob, ohne den Mund aufzutun. Es handelte sich um jenen Stadtvater, dem der Volksmund »Abrissbirne!« nachrief, sobald sich der Aufsichtsratvorsitzende der PNDK mal auf der Straße sehen ließ. Er selbst schwieg sich aus, sprach in der Öffentlichkeit längst nicht mehr von einem »Hort des Verbrechens«, wenn er an das privatisierte Armenhaus dachte. In diesem Spiel blieben seine zarten Hände besser unsichtbar. Grobschlächtigkeiten musste man sich bei Bedarf verkneifen können.

Der Bankier war nicht mehr der Jüngste und für Frank Krieg ein väterlicher Freund; er hatte die Mutter selig der Zwillingsbrüder schon gekannt, nicht zuletzt als eine gläubige Parteigängerin. Sie hatte mit einer Affenliebe an dem Verein gehangen.

Gospodin Uralski hatte verstanden, knurrte: »Ich schlage, warum nicht?, den Hausherren vor.« Doch lehnte der Italiener ab. »Wegen Überlastung, Maxim Semjonowitsch. Indes, ich möchte mich bei Ihnen revanchieren, hello. Wie wär's also mit Ihnen?«

»Bezüge bei 45 Mille monatlich«, warf Herr Krieg ein.

Der Kandidat überlegte nicht lange. »60 bei so viel Verantwortung«, forderte er.

»55 vor Steuern«, war Kriegs letztes Wort. »Dafür würde auch ich mich einkaufen lassen.«

Man kam zur geheimen Abstimmung, malte die Initialien der betreffenden Namensvorschläge auf die Rückseite von Bierdeckeln. Das Ergebnis entsprach den schönsten Erwartungen: Zwei Stimmen für den Russen, eine Gegenstimme, die auf »K« lautete, eine Enthaltung. Uralski war gewählt und sein Gespann mit dem Bek damit en panne.

Der beredte Römer formulierte die allgemeine Glückwunschadresse aus dem Stegreif: »Ein Moskowiter also, der es vermeidet, dies auch in Zukunft, wie wir alle hoffen, irgendwelche Kakophonien zum Nennwert zu machen, und der es auf sich nehmen wird, die Werte des Abendlandes zu verteidigen; wenn nötig, nicht ohne Härte. Gospodin Uralski, Sie sind unser Mann, unser Schützling und Beschützer! Wir freuen uns auf Sie, auf ein gedeihliches Geben und Nehmen des ›Mary's Fund for a Better World‹! Viva, viva, viva!«

Strip-Strozza konnte nicht ahnen in seinem Redefluss, in welchem Maße er sich dabei im tiefsten Innern des Bek, der nicht einmal mit der Wimper zuckte, um Kopf und Kragen zu reden drohte. Wer tatsächlich zusammengezuckt war – mindestens dreimal, wie jener Nicht-Wahlberechtigte im Hintergrund mitgezählt hatte –, war allerdings der hochgelobte Wahlgewinner. So erging es einem manchmal in der repräsentativen Demokratie. Auch tüchtigen Reformern, wie Uran-Uralski einer war. (Ein Spitzname, der ihm einmal von einem »Schmutzrivalen« angehängt worden war; der Verleumder lebte indes nicht mehr.)

Fräulein Müller und Bruder Tom waren, da nicht wahlberechtigt und außerdem unvermögend, zu dem Stelldichein nicht ausdrücklich eingeladen worden. Waren im Übrigen auch nicht scharf darauf gewesen. Eher aufeinander. Hatten sie sich doch einiges zu erzählen, was Alexander Taubenschlag betraf, auch die gute Hauswartsfrau mit ihrem erblindeten Blindenhund, den Jungen mit der Maultrommel – und natürlich ein paar andere der Polizei Wohlbekannte, der Kreis um Herrn Krieg etwa. Punkt Mitternacht hatte unser hübsches Pärchen unweit der »Gartenlaube« einen Mietwagen bestiegen, um möglichst weit davonzufahren.

Maiko Müller, jetzt in Zivil, umfuhr zunächst einen Block, der zur Potsdamer wie zu einer Seitenstraße hin das Kleinhandelsreich der Firma F. Krieg bildete – an der Ecke ein gläserner Pavillon, der die Generalvertretung für einen ausländischen Markensportwagen enthielt, daneben ein zweiter Pavillon für inländische Mietwagen aller Klassen sowie ein spätbarockes Wohngebäude, worin die Büros der Firmenverwaltung untergekommen waren. Zur Seitenstraße hin lagen eine Hoch- und Tiefgarage, daneben eine vierspurige Autowaschanlage, eine nicht weniger geräumige Kfz-Werkstätte, schließlich ein Taxihof, und abgeschlossen wurde der Straßenzug von einer Garage in Alu-Leichtbauweise in den Ausmaßen eines Fußballfeldes.

»Der Frank«, gab der Boxer Auskunft, »hat mal als Monteur angefangen, genau wie ich als Autowäscher.«

»Ja«, antwortete die Müller, »er hat es weitgebracht.«

Dann schwiegen sie eine Weile, fuhren jeweils bei Gelb die Potsdamer hoch über die Kanalbrücke, nahmen den Bogen hinter einem Kulturhügel und sausten durch die neuen Hochhausschluchten oben am Platz, wo anstelle der abgetragenen deutsch-deutschen Grenzmauer nun die Leuchttürme der Westwelt aufragten. Auf der gradlinigen Straße hinter diesen grünflackernden Glaswänden, einer Straße, die einen bis nach Leipzig führen konnte, befanden sie sich längst auf dem Gebiet der ehemaligen DDR-Hauptstadt und mochten sich fragen, ob die grünen Leuchtfeuer hinter ihnen wirklich über die Stadtgrenzen hinaus wahrgenommen würden.

»Sie werden staunen«, gab Bruder Tom weiter Auskunft, »aber es ist das erste Mal, dass ich in diese verdammte Gegend komme.«

»Ja, verdammt«, stimmte sie ihm zu. »Manche wundern sich noch heute, wie lange sowas gut gehen konnte – Weltfrieden statt Freiheit im eigenen Land, bis dass der innere Unfrieden losbricht. Läuft doch nicht sowas, ohne Weltmarktkontrolle. Übrigens, Tom, haben Sie Ihre Handschellen dabei, falls ich Sie festnehmen muss?«

Er fand das überhaupt nicht komisch, schaltete das Autoradio an, geriet mitten in einen Blues und schaltete wieder ab.

»Ich habe gehört«, machte sie weiter, »Sie spielen auch auf der Klarinette – vor oder nach dem Doping?« Doch wie um ihn nicht gänzlich zu befremden rückte sie ihm zugleich etwas näher, legte den rechten Arm um seine Schultern, zog ihn an sich und küsste ihn auf die stachlige Wange. Indes behielt er eine steife Oberlippe, worauf sie fragte: »Und blasen Sie auch etwas mehr als Trübsal?« Mit gespitztem Mund.

Das reichte ihm. »Halten Sie an!«, fauchte er. »Ich will aussteigen.« In der Tat, das wollte er.

Sie bremste sofort und noch vor dem Stillstand war er draußen. »Nein, Sie sind nicht schuld an Ihrer Laune«, rief sie ihm nach, »aber ich auch nicht.« Sie hielt in zweiter Spur.

Auf dem Gehweg lief er gegen die Fahrtrichtung zurück. »Für deine Sünden«, memorierte er, »bezahlst du auf der Straße und zu Hause.« Dabei wollte er ein dunkles Papierknäuel aus dem Weg kicken und bemerkte zu spät, dass es eine weiche Masse war. Etwas verwirrt, machte er wieder kehrt, zögernd; denn er focht einen heißen Kampf mit sich aus. Schließlich wollte er keinem dieser Kerle mehr im Dunkeln begegnen, die sich einen Spaß daraus machen konnten, ihn einfach abzukochen, tieferzulegen. Was sage ich, tieferlegen? Lahmlegen!

Als könnte sie Gedanken lesen, rief die Fahrerin, als der Aussteiger wieder auf ihrer Höhe war: »Tom, dieser Kommissar ist kein Unmensch, müssen Sie wissen. Erst wenn Sie ihn dazu machen, Mann, knipst er Sie ab.« Und dann: »Einsteigen! Neben mir ist noch Platz. Oder wollen Sie einen Regenschirm?«

Tatsächlich begann es zu nieseln. Er stieg nicht ein, lief rasch weiter, übelnehmerisch, und sie fuhr im zweiten Gang neben ihm her. Offenbar liebte er Jogging auf nassen Straßen, der Boxer.

Sie gab es vorerst auf, mit ihm zu reden, ließ das Fenster aber heruntergekurbelt und lehnte längs über den Beifahrersitz hinweg und sang in unbequemer Lage ihr Liebeslied aus der »Gartenlaube«, ein Warngedicht in Sklavensprache:

Sag' niemals einer Frau:
Du bist doch keine Schlampe!
Und niemals einer Schlampe:
Du bist doch eine Frau!
Es könnten beide dich be-schimpfen.
Und sag' niemals keinem Mann:
Du bist doch ein Schwein!
Und niemals einem Schwein:
Du bist doch kein Mann!
Es könnten beide dich be-tören.
Ja, woher nehm' ich einen Mann?
Einen Mann, der was kann.
Einen Kerl wie ›ne Perl‹.
Woher nehmen, wenn nicht steh-len?
Ja, woher nimmst du eine Frau?
Eine Frau von gutem Bau.
Ein Mädel auch mit was im Schädel.
Woher nehmen, wenn nicht steh-len?
Los doch, stemm schon eine Frau!
Und lock ran dir einen Mann!
Geschenkt kriegst du sie beide nicht.
Denn ohne einen Scheck
Kommt die wahre Liebe nicht gut weg.
Zahl nur drauf für einen guten Zweck!

Maiko Müller – amtlich Mayoko; das Maiko hatte sie aus ihrem Kleinkindkauderwelsch hinübergerettet – sang ihr Lied im

Zweivierteltakt, sang es mit ihrem Soubrettensopran ein wenig gepresst, womit es etwas automatisch-metallisch klang, irgendwie künstlich. Bruder Tom aber konnte oder wollte sich keinen Reim darauf machen, hatte schon nach der zweiten Strophe weggehört, sich nach der dritten die Ohren zugestopft, mit seinem Kaugummi in Ermanglung von Ästhetik. Er roch nach Medizin.

Vor der großen Brücke an der Fischerinsel stoppten sie beide. Sie parkte, verließ den Wagen und ging neben ihm her, eingehakt. Endlich ermannte er sich, wenn auch eine Spur zu ungelenk für ihren Geschmack. Beinahe hätten sie sich wieder gestritten, als es darum ging, wer den Regenschirm halten durfte. Sie gab ihn nicht her. Also berührten sich ihre freien Hände.

Es half nichts.

Nacht im Hafen, Licht im Tunnel

Wären sie hinter dem Potsdamer Platz nicht geradeaus gefahren, vielmehr in Richtung Tiergarten abgebogen, vielleicht zu einem nächtlichen Rundgang durch den großen Stadtgarten, hätten sich ihre kleinen Missverständnisse womöglich erübrigt. Am Feierabend wie am Wochenende, wenn Mond oder Sonne scheinen, möchten mehr als sieben von zehn Berliner Bürgern ein Naturerlebnis haben.

Das war schon immer so, ausgenommen 1848 und 1917/18 eventuell. Die Natur gefällt, reißt an sich, begeistert, nur weil sie Natur ist, lehrte hier seit je die Humboldt-Akademie. Generell gilt hier alles als Natur, was als unvermeidlich angesehen wird – darunter ein Eisregen mitten im Frühlingserwachen, Liebeskummer im Schneesturm, eine feurige Machtergreifung im tiefsten Januarfrost, Zusammenbrüche unter Osterglocken, weltanschaulicher oder wirtschaftlicher Wunderglauben im kalten Kriegstreiben oder steigende Erwerbslosigkeit bei steigenden Temperaturen. Das Natürliche ist nicht schimpflich, meinten schon die Alten.

Jeder dritte Berliner liebte die Natur, jeder achte nur die Geschichte. Lag es daran, dass man zwar vergessen, doch nichts hinzulernen wollte? Oder waren die Segnungen der Natur Beweis genug für die Macht der Vernunft?

Für Bruder Tom stellten sich solche Fragen nicht. Ein linker Haken, den der Gegner nicht kommen sah, war ihm der Weisheit letzter Schluss. Damit konnte er Kasse machen, dachte er, wenigstens solange seine A- und B-Proben nicht von unsichtbarer Hand – manche sprachen in sportlichen Zusammenhängen auch von der »Hand Gottes« – gepantscht waren. Zum Berufsboxen hatte er sich schon als Volksschüler berufen gefühlt; wollte von frühauf einen geraden Weg dorthin gehen, »ohne krumme Dinger«, wie er sich ehrlich vorgenommen hatte. Denn sowas zahlte sich nicht aus, wie er bald am eigenen Leib erfahren musste. Schicksal, dachte er, dass es ausgerechnet mich treffen musste, auf dem Weg zum Sieg, ja beim Griff zur Meisterkrone. Einfach Pech gehabt.

Fräulein Müller hingegen wollte schlicht an gar nichts denken, während sie neben dem Boxer (und überführten »Kohlenklau«, wie sie ihn sah) die enge, alte Wallstraße hinüberlief, entlang einem schmalen Stichkanal, der zum historischen Spreehafen führte. Wollte ihn fortan lieber von der menschlichen Seite nehmen, ehe er wieder absprang. Nicht bloß die kalte Schulter zeigen. War das nicht ein Vorschlag zur Güte? Wer weiß, was ihm sonst blühte?, verfiel sie wieder in ihre Reimerei.

Die Lokale am Hafen waren bereits geschlossen. Hinter sich den kalten Nachtregen, landeten sie in einer menschenleeren Hotelbar.

Bestellten dort eine Platte aus der kalten Küche und tranken Pilsener. Ihr Nachtessen verlief schweigsam, bis auf einen frommen Trinkspruch ihrerseits, und sobald sie dabei aufblickten, erkannten sie draußen den Regen wieder. Von draußen fiel das Licht jahrhundertalter Straßenlaternen durch die Fensterfront herein, und dasselbe matte Licht beschien den Regen, der auf Kopfsteinpflaster und ins Hafenbecken niederging. Ihn überfiel, ob er wollte oder nicht, ein stilles Behagen. Er überlegte sogar, was sie auf den Vorschlag sagen würde, hier zu übernachten. Und wenn alle Zimmer belegt waren?

Schließlich verwarf er den immer wiederkehrenden Gedanken an »Frau und Fraß«, wie man so sagte, und brummte: »Wenn ich es richtig sehe, Frau Inspektorin, habt ihr uns inzwischen alle auf eurer Gehaltsliste, mich, Taubenschlag und ...«

»Vergessen Sie den Maultrommelspieler nicht, Tom, und Martha nicht, die olle Hauswartsfrau. Früher hat sie ihr Geld übrigens als Hellseherin verdient – doch ist sie eine ›negative Seherin‹, wie man die Pessimisten nennt, und sowas bringt heutzutage nicht viel. Außerdem, Tom, warum reden Sie von ›Gehalt‹? Hat Ihnen etwa jemand einen Ausgleich Ihrer Auslagen angeboten?«

»Wäre das ein Fehler?«

»Mehr als das, ein dummer Pfennigfehler, wenn Sie wissen, was das ist: Peanuts for nothing. Anders gesagt: Recht tut man für nichts und wieder nichts, für die Ehre allein; es sei denn, Sie hätten es studiert, my dear.«

»Sie haben Taubenschlag genauso erpresst wie mich, und er kann sich nicht mal wehren.«

»Und Sie, Tom, können Sie das?«

»Besser, Sie lassen es nicht drauf ankommen.« Er kratzte mit seiner Gabel die Reste einer Makrele vom Teller.

»Wir sollten uns nicht ständig streiten, Boxer. Bitte, diktieren Sie mir jetzt das Gesprächsprotokoll aus der Loge Ihres Herrn Bruders, ja? Ehrenamtlich.«

Sie zündete sich ein dünnes, langstieliges Pfeifchen an, zog einen Notizblock aus der Hemdbrust und er tat, wie ihm geheißen, hatte nun ein Amt und keine Meinung mehr.

Es war keine Pistole, die Fräulein Müller ihm unter die Nase hielt. Es war eine klobige Taschenlampe. Damit leuchtete sie Bruder Tom ins Gesicht. »Mal ehrlich, Freundchen«, sagte sie leise, »schon mal hiergewesen?«

Sie standen vor der Toreinfahrt einer umzäunten Rampe, die schräg abwärts führte. Dort unten herrschte jetzt, nach zwei Uhr morgens, eine noch größere Finsternis als auf dem offenen Platz hinter ihrem Rücken. Hier schien es ein noch tieferes Unten zu geben. Sie waren direkt vom Märkischen Hafenplatz hierhergekommen und standen nun unweit einer Straße, benannt nach einem Dichter, unglücklich aus der Romantik ausgewandert. »Hand auf's Herz!«, wiederholte sie etwas forscher. »Kennen Sie diesen Ort, ja oder nein?«

Er verneinte, worauf sie ihr Lampenlicht langsam, ganz langsam über ein emailliertes Firmenschild gleiten ließ. Es hing über einem schweren, vielfach gesichertem Scherengitter an der unteren Toreinfahrt. Darauf las er: »Abschleppdienst Gebr. Krieg / Unfallwagen. Unbefugten ist das Betreten verboten.« Darunter in Kleinschrift der Verweis auf irgendwelche Paragrafen.

Sie vermochte keinerlei Regung im Narbengesicht ihres Begleiters festzustellen, bemerkte nur: »Na, eine Unterschrift auf dem Gewerbeamt haben Sie dafür doch hoffentlich geleistet, wie?«

Er entgegnete: »Gibt es hier keinen Nachtwächter?«

»Sie meinen, ich sollte ihn fragen, ob er Sie wiedererkennt? Nein, gibt es nicht. Nur einen motorisierten Wachdienst, der hier in unregelmäßigen Abständen nachschaut, ob keine Unbefugten hier einsteigen. Na, wie wär's? Haben Sie einen Schlüssel, Tom?«

Sie gingen eine schmale Treppe neben der Rampe hinab. Sie führte auf eine massiv-eiserne Tür, die neben dem Gitter eingelassen war. »Lieferanteneingang«, stand darauf zu lesen. Und die üblichen Geschäftszeiten. Die Tür verlangte zwei passende Sicherheitsschlüssel. Die Müller fand sie in ihrer Umhängetasche. Einmal eingetreten, schloss sie wieder ab. Fürchtete sich nicht, mit dem Boxer allein eingeschlossen zu sein. Nahm ihn am Arm und zog ihn mit, die Lampe vorweg. »Wenn ich Sie schon abschleppe, Mann, sorge ich auch dafür, dass Sie nicht stolpern.«

Vor ihnen lag ein düsterer Tunnelstollen, Ende offen. Über zehn Meter breit, etwa fünf Meter hoch. Unter den Notlichtern an den Betonwänden schimmerten dünne Rinnsale. Der nachtschwarze Stollen erstreckte sich hunderte Meter, führte unter einer Straße entlang, und hin und wieder hörten sie ein flüchtiges Fahrgeräusch von oben. Sie standen vor dem Tunnel auf einer doppelt so breiten Plattform, der einst ein Untergrundbahnsteig gewesen war, doch nur im Rohbau fertiggestellt, scheinbar als Kopfbahnhof.

Rechts und links des Ganges, den sie beschritten, waren in langen Reihen Personenkraftwagen abgestellt; vier, fünf Dutzend und jeder unter einem Schutzüberzug von grauer Plastikplane. Alle ohne Zulassungsschilder, scheinbar abgemeldet. Irgendwelche Unfallspuren waren nicht zu erkennen, alle wohl schon wieder ausgebeult und frisch lackiert. Mit Sicherheit jedoch sämtlich edle Markenware.

Maiko Müller sagte, als sie die Höhle nach einer Zigarettenlänge wieder verließen: »Sehen gefährlich aus, diese PS-Geschosse, finden Sie nicht?« Im Moment aber fiel ihm dazu nichts ein, auch nichts vom Familienstandpunkt aus. Ein paar Stunden später mit dem Bruder darüber zu reden, erschien ihm noch früh genug.

Auf dem Heimweg, auf Umwegen zurück zur Potsdamer, erzählte sie dem Boxer ein wenig von der Baugeschichte des ungenutzten, derzeit zweckentfremdeten U-Bahnschachtes. »Der Durchstich«, begann sie, »war in den goldigen Zwanzigern erfolgt. In Vogelfluglinie sollte die Trasse zwei Stadtzentren miteinander verbinden, nebenbei zwei Großkaufhäuser. Time is money. Noch mehr Pinke aber, nämlich fünf Millionen, zahlte ein Konkurrent dem Verkehrsministerium dafür, die zur Hälfte fertiggestellte Strecke einfach zu vergessen, um sie als Umleitung noch einmal zu bauen – mit einer Station vor dem eigenen Kaufhaus, das ein paar hundert Meter entfernt lag. Zurück blieb also eine Geisterstation, ausgeschaufelt in mancher Hinsicht. Mal kurz zurückgepfiffen. Genutzt erst in den vierziger

Jahren, als Bunker, der Vielen das Leben im Krieg gerettet hat; dem Kaufhaus übrigens nicht. Nach dem Krieg zog ein unterirdisches Stromnetz ein, gekappt durch den Mauerbau von '61, und, damit nicht genug, nun die Gebrüder Krieg.«

Auf der Heinrich-Heine-Straße drehte er sich noch einmal um; ein Wagen schien ihnen zu folgen. Es regnete noch immer. An jedem Geschäft, dachte er, hängt eine kleine Geschichte.

Wissen und schweigen

Unter dem Dach befand sich das Firmenarchiv. Darunter ein Sitzungssaal, der die ganze Etage einnahm, doch um einiges übersichtlicher als ein Tennisplatz war. Außen an den Flügeltüren waren in schwarz-weiß-rot zwei Verbotsschilder angebracht; auf dem einen war ein Handy durchkreuzt, auf dem anderen eine Handfeuerwaffe. Darüber stand in Sperrschrift: Kein Kinderspielzeug!

Zwischen zwei Sitzungen mit den üblichen Wohltätern empfing Herr Krieg seinen Zwillingsbruder. Begrüßte ihn unter der Tür: »Von Mensch zu Mensch, Tommy-Boy, du siehst schlecht gefrühstückt aus heute Morgen. Wie aus der Flasche gefrühstückt. Wie 'ne abgebrannte Kerze, an beiden Enden gleichzeitig. Übernächtigt? Vergiss nicht, morgen ist Donnerstag, morgen soll dein Schaukampf steigen!«

Der Bursche ahnt nichts Gutes, dachte der Boxer, dass er gleich in die Vollen geht. Macht nichts, wird sich noch wundern. »Keine Sorge, Frank, morgen bin ich wieder fit.«

Ansonsten präsentierte sich Herr Krieg keineswegs in Hemdsärmeln, Hut im Genick, Zigarre im Schlund. Trug heute Morgen einen weiten, dunkelgrauen Flanellanzug, zweireihig, dazu ein schwarzes Hemd mit Schillerkragen, Halstuch statt Krawatte. Von Figur und Gesicht glich er seinem Bruder aufs Äußerste, nur besaß er nicht dessen blaue Augen, sondern braune. Vermutlich vom Vater. Und wie die Farben der Augen unterschieden sich auch ihre Gefühlsbande; der Boxer wirkte distanzierter.

»Fit, ja? Das will ich hoffen, alter Junge! 25 Mille für den Sieger, für den Verlierer nichts! Wie abgemacht, alles oder nix. Die Vorbereitungen für das Straßenfest laufen gut. Strip-Strozza macht den künstlerischen Leiter, Uralski die technische Organisation. Allerdings ist Schnee angesagt, viel Schnee sogar. Nun, wir haben für alle fünf tollen Tage ein Zirkuszelt gemietet, dass sie uns nicht verhageln. Schade, wenn uns die Leute wegblieben. Doch sieh dir die Zeitungen an! Sie sind voller Vorschusslorbeeren nach unserer gestrigen Pressekonferenz. Kommt es nicht immer darauf an, was die Zeitungen daraus machen? Vorher, nicht nachher!«

»Interessiert mich die Bohne, Frank.«

»Nein, nein, schau dir die Blätter ruhig an, mein Junge! Sind auch Bilder von dir drin, alte allerdings, klar. Von Miss Maiko übrigens auch, doch bloß im Nippon-Look. Roter Pfeffer, was meinst du?«

»Frank, ich komme wegen Taubenschlag.« Der Boxer hielt sich mit beiden Fäusten an einer Tischkante fest und sah in diesem Moment nicht seinen Bruder an, sah angestrengt auf die vielen schönen roten Wandbehänge, Kelims; etwas freudlos, als sollte er sie kaufen.

Ein schmerzlicher Zug ging über das Gesicht von Herrn Krieg. »Ach ja, mein guter, alter Alexander. Schlimm, schlimm. Er hätte einen besseren Ruhestand verdient. Gefallen dir, die ollen Kelims, ja? Nur, leider sind die Motten drin, Bruderherz. Die Putzfrauen, weißt du.«

Der Boxer sagte jetzt nichts, hob nur kurz die Tischplatte an und ließ sie dröhnend zurückfallen. Erst dann blickte er dem Bruder ins Gesicht, kam ihm dabei sehr nahe, um ihn zu fragen: »Und in diesem Tisch sind die Würmer drin, oder?«

»Okay, Tom. Reg' dich nicht auf, bitte. Ich sage dir: Es ist nichts dran an dem Gerücht, wonach jemand an Alex' Bremsen herumgefingert hätte. Oder kannst du dir vorstellen, dass jemand zu einer solchen Schweinerei fähig wäre – noch dazu gegen diesen guten, alten Mann, der keiner Fliege etwas zuleide täte, wie? Da ist genauso wenig dran wie an seinem Gerede, die ganze Firma Krieg wäre eine einzige ›Waschanlage‹, nicht bloß die Autowaschanlage. Wie kommt der Mann auf sowas, als Prokurist in meinem Hause noch dazu!? Na ja, ich hatte schon immer den Verdacht, der Alte tickt nicht ganz richtig.«

»Das waren Worte, Frank, die er so auch nicht gesagt hat. Nein, sie wurden ihm in den Mund gelegt.«

»Mag ja sein, Tom, doch ausgerechnet von dir, wenn ich richtig informiert bin. Und wem darf man denn noch glauben, wenn nicht dem eigenen Bruder?«

Der Boxer antwortete: »Nicht einmal dem, und schon gar nicht, wenn er etwas getrunken hat. So war es doch damals, nachdem sie mich mit ihrer Doping-Manipulation aus dem Ring gejagt hatten, Tag für Tag besoffen.«

Herr Krieg schritt an dem langen, langen Tisch entlang, ließ dabei die Finger seiner Linken über den feinen, grünen Filz gleiten, hielt vor der Fensterwand am Kopfende und sah durch einen Spalt der Jalousien hinunter auf die Straße. Die Straße war vom Durchgangsverkehr belebt, entlang der Gehwege wurden bereits überall Verkaufsbuden für die bevorstehenden Karnevalsumzüge errichtet. Ab morgen würde die Straße fünf Tage lang zwischen 16 Uhr und Mitternacht für jeden Normalverkehr gesperrt sein, was die Automobile anging, selbst der Busverkehr würde umgeleitet werden. Das hatte es noch nie gegeben, solange er sich erinnern konnte. Sein Werk.

»Gewiss, und ich habe dir damals zu helfen versucht«, sagte er nun in versöhnlichem Ton. »Gut, vielleicht auf die falsche Weise – die Eigentumsverhältnisse dieses Fünftonners, den du abfahren solltest, waren dummerweise nicht völlig geklärt. Doch konnte ich das vorher wissen? Es war anständig von dir, mich vor Gericht aus dem Spiel zu lassen, es hätte auch zu viel auf dem Spiel gestanden. Nicht nur für mich. So bin ich heute wenigstens in der Lage, dir weiterzuhelfen, Tommy-Boy. Ist es nicht so? Angefangen mit dem Gegner, den wir für dich engagiert haben. Er dürfte dir keine großen Schwierigkeiten machen, so gut, wie du drauf bist.«

»Und was hast du sonst noch zu bieten?« Es klang fast, als fühlte sich unser Boxer ein wenig getröstet.

»Lass uns in die Zukunft schauen, alter Junge, die Vergangenheit Vergangenheit sein. Wie sichern wir unsere Zukunft, wenn wir die Vergangenheit übertreiben? Das ist doch die Frage!« Herr Krieg ließ die Jalousie wieder fallen, um dann hinzuzufügen: »Irren ist menschlich – und vergessen noch menschlicher.«

Damit war ein Thema gefunden, das Bruder Tom noch wortkarger werden ließ. So überlegte er gerade, ob es jetzt besser wäre oder nicht, die Frage jenes »Unfallwagen«-Depots anzuschneiden, als die Flügeltüren zum Sitzungssaal aufgingen, um die angekündigten Konferenzteilnehmer hereinzulassen. Nach der letzten Nacht in der »Gartenlaube« begrüßten sie den Boxer, wie ihm nicht entgehen konnte, etwas weniger herzlich als zuvor. Offen indes hatte niemand etwas gegen seinen Verbleib vorzubringen. Dies ungeachtet ihrer instinktiven Ahnung, »dieser ewige Loser«, wie insgeheim der eine Bruder über den anderen dachte, könnte sie eines Tages noch alle in Teufels Küche bringen.

Man ruhte behaglich in den Sesseln, jedenfalls dem Anschein nach, und wollte der Versammlung einen routinemäßigen Verlauf lassen. Herr Krieg begnügte sich vorläufig mit der gewohnten Richtungsansage: »Wer hohe Gewinne einheimsen will, verehrte Kollegen, muss auch hohe Risiken eingehen.«

»Genau«, pflichtete ihm der Mann zu seiner Rechten, Gospodin Uralski, als Vorstandsvorsitzender bei. »Wenn das nur endlich auch die deutschländischen Anleger in meiner alten Heimat begreifen würden! Dann wäre viel gewonnen für den Weltmarktfrieden!«

»Zunächst aber«, kam Signor Strangularpreti auf die Tagesordnung zu sprechen, »droht eine Unmenge Schnee auf unseren Karneval niederzugehen. Was nun?«

Uralski: »Hört euch diesen Südländer an! Schwätzt daher wie ein Windei! Frohsinn, Brüderchen, Herzenswärme unter dem Fußvolk verbreiten – und schon wird der Schnee wie beim Weihnachtseinkauf dahinschmelzen! Darauf ist hierzulande wenigstens noch Verlass.«

Bruder Tom, der sich nicht niedergelassen hatte, war im Laufe dieser Unterhaltung damit beschäftigt, die Tischplatte dort wieder einzurenken, wo er sie aus den Angeln gehoben hatte. Von Bordell-Börrek, der in Gedanken woanders weilte, wurde er dabei mit unverhohlenem Misstrauen beobachtet. Irgendwann hielt es ihn nicht mehr, und er fragte in die Runde, ob mittlerweile auch dieser Konferenztisch »wurmstichig« sei. Indes wurde seine Besorgnis lediglich zur Kenntnis genommen, nicht diskutiert.

Herr Krieg kam auf den Schneefall zurück: »Keine Angst, Don Giovanni, die Straßenreinigung wird schon in Marsch gesetzt. Anruf genügt. Alles nur Abfallprodukte. Da steht alles unter dem guten Stern unserer Armenhaussanierung. Die einen nehmen einfach Pinsel und Farbe zur Hand, ohne groß nach einem Mieterlass zu fragen, die anderen den kommunalen Schneebesen. Die eine Hand beschmutzt bekanntlich nicht die andere. Bekannt ist ebenso: Kultur und Wirtschaft einerseits, die Politik andererseits reiben sich in unserer schönen Stadt nicht aneinander; nein, das nicht. Nur so viel zum Schneegestöber.«

Der »junge Herr Tom«, hörte der Bek nicht auf zu stänkern, möge sich doch, bitte!, endlich setzen, »egal wohin«. Und der Hausherr gab ihm darin gerne recht. Im selben Atemzug jedoch schloss er seine erste Grundsatzrede ab: »Einige zehntausend Teilnehmer am täglichen Durchgangsverkehr auf der Potsdamer, die während unserer Straßenfeste in den Umleitungen hängenbleiben, mögen sich noch lautstärker als üblich über den Stau aufregen, als bildeten sie nicht selbst den Stau. Nur dürfte es ihnen nicht leichter fallen, Argumente für ihren Unmut zu finden. Die Medien stehen voll auf unserer Seite. Spaß muss sein!«

Des Weiteren wurde über den Karneval als Auftaktveranstaltung für die »eigentliche Kampagne« verhandelt, für eine große Ansammlung von potenziellen Kleinanlegern in einen Dachsozialfonds, nicht zur Alters-, sondern zur Mietvorsorge im Armenhaus. »Mit 99 Mark ist jeder angesprochen, jeder Mieter unser Partner!«, sollte die Werbung versprechen. »Auf tausend Schultern verteilt, trägt der Einzelne nicht schwer, eine Last, die man nicht spürt!« Anderslautende Erfahrungen – Einzel-, nicht Regelfälle – lagen bereits eine Generation und mehr zurück. Einer Neuzulassung stand folglich nichts mehr im Wege. Eine Neuzulassung, bürokratisch peinlichst beaufsichtigt, ließ sich somit vertreiben wie irgendein übler Nachgeschmack.

»In die eine Tasche«, erklärte Herr Krieg unter allgemeinem Kopfnicken, »stecken wir via Schuldenübernahme, sprich: Beteiligung, die ›Treuen Hände‹, und in die andere das Armenhaus. Und darüber bleibt in unseren Taschen noch reichlich Platz: einmal für alle anlagewilligen Hausbewohner, eingebunden in den Sanierungsfonds. Zum anderen für alle arbeitswilligen Bewohner, für die eine Leiharbeitsfirma zu gründen sein wird; das heißt, dafür, dass sie Pinsel und Farbtopf schwingen, Kelle und Schaufel, Mörtel und Besen, werden sie in einer Art Kultur- und Sozialwährung entlohnt. Im Klartext: Sie bleiben im Genuss des Mieterschutzes – sagen wir es offen: solange sie mitziehen. Zu allem Überfluss sozusagen lassen wir gleichzeitig eine Baufirma zur Abdichtung der Fundamente entstehen, damit die Kellerasseln am weiteren Aufstieg gehindert werden, sowie zur allmählichen Vergrößerung der Wohnflächen, die in Mietereigentum zu überführen wären, sowie zur Verschönerung auch des Dachgartens, der neben einem Swimmingpool Windräder und Sonnenbatterien erhält. Insgesamt wollen wir auf quasi uneigennützige Weise damit die gesamte Nachbarschaft erwärmen und erhellen. Was aber mögliche Um- und Querbuchungen unter unseren diversen Unternehmungen betrifft – wer, wenn nicht wir allein, soll dabei noch den Überblick behalten? Das frage ich selbstredend nicht Sie, Bek Börrek. Das frage ich vor allem mich selbst. Die Hauptsache indes dürfte hier allen klar sein: Über Ausgabenaufschläge, die über eine Wertsteigerung durch Pinselrenovierung hinausgehen, wird künftig richtiges Geld verdient – umverteilt von Tasche zu Tasche. Und die Anleger müssen sich schon selber fragen, wo sie bleiben. Nicht anders als wir. Dabei fällt mir ein, Maxim Semjonowitsch: Ist das Zirkuszelt schon aufgestellt?«

Herr Krieg erhob sich und ging zum Fenster, um hinauszuschauen. Er sah den Schnee wie einen Vorhang auf die Straße fallen. Weiß auf schwarz. Mein Standortvorteil, dachte er, verschneit. Ach, was! Stell dir jetzt einfach vor, dies sei der Schnee von gestern – und die Straße von morgen.

DRITTER TEIL

Das Herz von Berlin, wiederbelebt

Sie haben gehabt weder Glück noch Stern; sie sind verdorben,
gestorben.
H. Heine

Der Kirschmund im Bikini

Am Vorabend des »Schmutzigen Donnerstags« waren ein zweifelhaftes Badevergnügen zu zweit sowie ein fünfköpfiges Lagegespräch angesetzt, letzteres unter meiner persönlichen Beteiligung. Zwar ging der eine Termin einwandfrei aus dem anderen hervor, doch mit einer Einschränkung: Aus meiner Sicht hatte Fräulein Müller aufgrund der von ihr bevorzugten Kleiderordnung – im Dienst und am helllichten Tage, bitte sehr! – einmal mehr sich selbst und damit eine Grundregel unseres Zusammenwirkens entblößt, und sei sie auch ungeschrieben.

Ohnehin hatte dieser Mittwoch wie ein Montag begonnen, für mich jedenfalls. Der unchristlichen, vermutlich gewerkschaftlich erzwungenen Frühschicht irgendwelcher Malocher, die ein Nachtsichtgerät auf meinem Balkon ausgerechnet an einem Februarmorgen punkt sieben Uhr installieren und erproben mussten, war das Ungemach zu verdanken. Und als ich mittags zum zweiten Mal erwachte, war derselbe Balkon frisch zugeschneit. Die Flocken fielen dicht genug, um mir sogar am Tage jede optische Fernsicht zu nehmen. In meiner Hochhausetage war ich dem Himmel schließlich näher als der Straße unter mir. Es rieselte vor meinen Augen, als säße ich in einem sehr, sehr alten Film. Tief unter mir krochen die Autos wie ein Ameisenzug über die Kanalbrücke, steif und stumm.

Diesmal ereignete sich da unten immerhin eine naturgerechte Überformung der Potsdamer Straße, und sie war weiß, nicht grünverrußt wie in milderen Jahreszeiten. Reinlich war sie, als läge die Straße unter einem Leichentuch, hingestreckt nach langer Kriegsgeschichte. Stünden die Denkmäler all der Heerführer dort, die je auf ihr herummarschiert waren, so trügen sie jetzt weiße Zipfelmützen, selbst bei Tageslicht. Die ganze Straße plötzlich wie ein weißer Fleck auf der Landkarte. Wer würde ihr Verschwinden bemerken, sie gar vermissen? Vielleicht wäre die Angelegenheit nur eine kurze Wortmeldung unter der Rubrik Vermischtes wert.

Gedanken, die ich mir beim verspäteten Frühstück machte, beim üblichen Konsumgenuss: schwarzer Kaffee, Tabak samt Druckerschwärze. Ich las ein Blatt, das aus der näheren Umgebung stammte – die Z.A.Z., ein Kürzel für »Zeitung der Amerikanischen Zone«. Sie war eine Nachkriegsgründung, ein Kind des Kalten Krieges. Miesmacher mäkelten an ihr herum, behaupteten, man könne nach wie vor Spuren von Kinderkrankheiten, wenn nicht bleibende Schäden zwischen ihren Zeilen herauslesen. Gewiss, mir waren Reporter über den Weg gelaufen, die mit mir – als POP – wie mit ihresgleichen umzuspringen gedachten. Was aber ihre Tendenz betraf, so war man mit mir auf der richtigen Seite, der siegreichen. Was auch immer in diesem alten Jahrhundert ausgefochten worden war. Immer auf der Siegerstraße.

Bei diesem Mittwochsfrühstück standen mir nichtsdestoweniger die Haare zu Berge (soweit sie mir geblieben waren). Der Grund: Ein groß aufgemachter Vorbericht über einen »1. Superfaschingsumzug auf den Straßen der neuen, alten Hauptstadt, veranstaltet von einer Bürgerinitiative unter der Schirmherrschaft ortsansässiger Geschäftsleute«. Leute, »die weder Mühe noch Opfer gescheut« hätten, um zwecks erforderlicher Verkehrsberuhigung beziehungsweise Sicherung eines ordentlichen Verlaufs »Hand in Hand mit den abgestellten Polizeikräften voranzugehen« ... Strip-Strozza, in dem Bericht tatsächlich als »Künstlerischer Leiter des Festivals« vorgestellt, wurde mit den Worten zitiert: »Als Geschäftsmann will man auch mal seinen Spaß haben.«

So weit also waren wir gekommen. Einer Presse, die sich vor der eigenen Haustür besser auskennen, sich auch mal zur Hinterhofberichterstattung herablassen würde, wäre ein solcher Schönheitsfehler wohl kaum unterlaufen. Stattdessen die Marschroute: »Bei uns, mit uns – täglich Aufgang der neuen Morgenröte«, wie schon in den 20ern in unserer lebensfrohen Stadt geworben wurde. Kitsch! Warum müssen wir jedes Mal neu übertreiben?

Wie oft war allein in den letzten Jahrzehnten versucht worden, versucht von unseren immergrünen Stadtvätern und -müttern, der Potsdamer Straße, einer sündigen Alten, das Korsett der Jungfräulichkeit anzulegen! Mindestens dreimal zu oft, meine ich. In den 50er Jahren in Gestalt eines Finanzzentrums der Halbstadt, mittels Ansiedlung von einem halben Dutzend Großbanken. Kurz darauf hatten sie sich in einer Sackgasse wiedergefunden, an deren oberen Ende über Nacht eine Mauer erwachsen war, wenn auch »unbeabsichtigt« von jedermann. Und nach dem Finanzzentrum ein Medienzentrum! Vergnügungsanzeiger und Dudelfunk im Zonenrandgebiet, Mieten wie Grundbücher sozial subventioniert. All das mag mitgeholfen haben, die Mauer zu sprengen – doch wohin, das frage ich, war ihr Schutt gefallen? Was hatte es den Bewohnern der Straße gebracht? Ein schickes Einkaufszentrum oben am Platz!

Da half kein Beschreiben, musste ich befürchten, kein Kommentar. Im Tabakqualm, der mein Haupt umwölkte, hob ich eine Augenbraue, als das Telefon klingelte. Ich hob ab, es war aber nicht, wie geargwöhnt, meine Amtsstelle. Es war Fräulein Müller: »Hallo, großer Meister, wir sollten uns so schnell wie möglich sehen.«

»Wo brennt's denn?« Ein bisschen Zurückhaltung schien mir nicht unangebracht.

»Nicht am Telefon. Wie wär's heute Abend?«

»Vor oder nach Ihrem Auftritt?«

»Egal, Hauptsache schnell.«

»Also gut, meine Liebe, ich gebe mich geschlagen. Wollen Sie jetzt gleich zu mir kommen, sagen wir, zum Sektfrühstück?« Offenkundig wusste sie mit meiner Zurückhaltung wenig anzufangen.

»Nein, geht leider nicht, Chef. Ich werde hier zurückgehalten.«

»So? Wo sind Sie denn?«

»Im Schwimmbad.«

»Im Schwimmbad? Allein?«

Klar, eine idiotische Frage; doch zurücknehmen konnte ich sie schlecht.

»Allein? Wo denken Sie hin! Hier wimmelt es von Schulkindern.«

»Und was tragen Sie am Körper?« Auf eine dumme Frage, das fiel mir in diesem Moment nicht zum ersten Mal auf, folgte meist die nächste.

»Einen Badeanzug natürlich. Was dachten Sie denn?«

»Einteilig?«

»Zweiteilig, mein Bester. Einteilig nur nachts. Denken Sie doch an die Kinder!«

»Ist jemand darunter, den Sie kennen?« Damit hatte ich ihr's gegeben, den Spieß umgedreht.

»Nö, nur unser Faustkämpfer. Wirkt aber wie nach einem Kampf, ziemlich matt. Wir hatten eine lange Nacht, und heute Morgen musste er schon wieder bei einer Konferenz geradestehen. Viel Stress, doch wem sag' ich das!?«

Das Luder! Das letzte Mal in meiner Dienstwohnung, überheizt, hatte sie noch eine Wolldecke zusätzlich verlangt. Ich antwortete ihr betont langsam: »Und jetzt liegt man schon wieder darnieder, ja?«

»Gut beobachtet, Chef. Übrigens hat er mir einen sensationellen Vorschlag gemacht. Darüber wollte ich eiligst mit Ihnen reden.«

Noch ein Wort und ich würde die Beherrschung verlieren. Ich riss mich zusammen und gab meiner Stimme einen desinteressierten Klang: »Etwa ein Heiratsantrag im Solarium?«

Darauf sie: »Sie wissen doch, mein Herr, für sowas würde ich mich nur auf einem Schiff hergeben, das mich zu meiner einsamen Insel bringt, weit weg ins Japanische Meer. Zur Sache: Bis nachher!« Und damit war die Leitung unterbrochen. Keine zehn Minuten später läutete das Telefon noch einmal. Ich griff nach dem Hörer – und zuckte zurück. Nein, nicht schon wieder! Dann schaltete der Apparat automatisch auf Beantworter um, wie ich ihn eben eingestellt hatte. Der Kollege

Hauptkommissar Warmblut tönte: »Punkt siebzehn Uhr Büro Abstreiter. Die Müller ist auch dabei. Schönen Tag noch!«

Plötzlich sah ich sie vor mir – der Kirschmund im Bikini, der Boxer in Shorts. Und auf meinem Balkon türmte sich der Schnee. Irgendwo zwischen meinen vier Wänden fand ich Handfeger und Schaufel. Eine Genugtuung würde ich immerhin erleben: Dieses Unwetter dürfte wenigstens die Faschingspläne des Herrn Krieg zunichtemachen! Darauf einen Kurzen – und noch einen: »Auf die Kälte!«

Eine Lagebesprechung im Amt

Sitzungen, wo man hinsah – oder hineinhorchen ließ. Noch aber stand man, als ich dazukam. Oberregierungsrat Abstreiter mit Warmblut, meinem Kollegen von der Organisierten Kriminalität, am Schreibtisch; Fräulein Müller am anderen Ende des Amtszimmers neben Filou, wie unser interner Kosename für den Jungen mit der Maultrommel lautete. Unser rothaarig-sommersprossiger Nachwuchsmann, zuständig für die »Unterwanderung« von Fußgängern auf der Potsdamer Straße. Ein fleißiger kleiner Maulwurf, der ständig witzelte: »Auf einem Auge bin ich blind und auf dem anderen kann ich nichts sehen.«

Anstelle seiner Maultrommel hatte der Filou diesmal eine Japanische Mundorgel im Gepäck, erklärte der Müllerin eben, wie man dem Ding einen Ton entlocken konnte. Es klang monoton und passte gut in die Umgebung.

Abstreiter empfing mich mit der launigen Bemerkung: »POP, seit vorgestern haben Sie sich kaum verändert. Nur dass Sie von heute auf morgen weißhaarig geworden sind.« Ich wischte mir den restlichen Schnee von der Platte und hörte ein weibliches Lachen hinter mir; es klang mehr oder weniger bemüht, wie ich fand. Trotzdem hielt ich es für überflüssig. »Na, besser als zwei Hüte auf dem Kopf«, entgegnete ich spitz. Wollte damit auf das

Doppelgehalt anspielen, das nicht ich erhielt, sondern der eine oder andere Anwesende hier im Raum.

Es war nicht der eigentlich Angesprochene, sondern Warmblut, der unschuldsvoll zur Zimmerdecke aufblickend mahnte: »Hut oder Schnee, meine Herren, überlassen wir das lieber höheren Mächten!« Damit wies er auf einen Wandspruch zwischen Abstreiters Aktenschränken und führte doch tatsächlich eine Zeile aus der »Festen Burg« im Mund: »Mit unserer Macht ist nichts getan.«

Der Wandspruch, ein überlieferter Trinkspruch des Reformators, besagte indes nicht ganz dasselbe:

Wer was weiß, der schweig'.
Wem's behagt, der bleib'.
Wer was hat, behalt's.
Unglück kommt ohne das bald.

Unser Oberregierungsrat bat zu Tisch und bot mir den Platz zu seiner Rechten an, der mir, sobald ich den Kopf hob, einen freien Ausblick auf jene Spruchweisheit gestattete, die er offensichtlich bevorzugte. Sie könnte auch mir von Nutzen sein, meinte er wohl, jedenfalls in meiner Eigenschaft als POP; in ständiger Verbindung zur Lebensanschauung der großen Bevölkerungsmehrheit. Darin waren wir uns einig.

Abstreiter machte es kurz und gab Fräulein Müller das Wort. Sie wiederum gab zu Protokoll, was ihr »Arbeitsgespräch« – sofort verbesserte sie sich selbst – ihre »Unterhaltung mit dem allseits bekannten Tom Krieg, Boxer von Beruf« in der vergangenen Nacht und am heutigen Nachmittag erbracht habe. Das war, in der Tat!, nicht wenig.

Was das Diebesgut an Automobilen betreffe, deklariert als »Unfallwagen«, so wäre ihr »erster, situationsbedingter Eindruck« beim Lokaltermin gewesen – »man bedenke, es war stockfinster« –, er, Tom K., hätte davon bisher »so gut wie nichts« gewusst. Man denke darüber, wie man wolle. Doch, bitte schön!, nicht zuletzt vor dem Hintergrund der Hinweise und Vorschläge, die sie heute Nachmittag von ihm erhalten (ein verfänglicheres Wort vermied sie) habe, im Schwimmbad.

Diese Hinweise beträfen vor allem das Verhältnis zwischen den Geschäftsmännern Frank K. und Abdullah B. angesichts der beabsichtigten »Faschingswerbung für einen betrügerischen Investmentfonds zur Entmietung eines sozialen Wohnungsbaus« auf der Potsdamer Straße. »Mietervertreibung statt Abrissbirne!«, spuckte die Müller.

Herr Abstreiter räusperte sich hörbar. »Was ist also mit Bordell-Börrek?«, fragte er sanft, verbeugte sich fast in seinem Chefsessel, als wollte er sich für die kleine Unterbrechung entschuldigen.

»Nun, Boxer Tom meint«, fuhr unsere Inspektorin fort, »sein superschlauer Zwillingsbruder würde sogar seine Gegner enttäuschen, so selbstherrlich ginge er zu Werke bei seinem geplanten Coup. Um einen Ausdruck des Boxers zu gebrauchen: ›Der hält sich für den Kiez-King, okay, doch muss er deshalb gleich in die Politik gehen wollen?‹ Der ›King‹ habe Börrek – ich wiederhole: Börrek – ins Gesicht gesagt: ›So geht es hier nicht weiter, alter Freund! Heroinhandel auf jedem zweiten, dritten Hinterhof am helllichten Tage. 132 Ladendiebstähle täglich stadtweit, von der Potse nicht zu reden! Täglich zwei Ladenüberfälle und fünf Pleiten im Stadtschnitt. Nee, an diesem Punkt müssten wir eigentlich aufseiten des Handels stehen; das heißt, mit der Polizei zusammenarbeiten.‹ Was sagt man dazu, verehrte Kollegen?«

»Und was sagte Börrek dazu?«, fragte Abstreiter seelenruhig zurück.

Fräulein Müller wusste es dank ihrer Kontakte mit dem Boxer. »Börrek habe bloß kühl geantwortet, bei solchen Freunden brauche man keine Feinde. Weiter habe er sich nicht erklärt – ich meine, wen er demnach für seinen freundlichen Feind hält. Boxer Tom glaubt indes: Jeden.«

»Sehr gut«, fand Hauptkommissar Warmblut, schob mit seinen kräftigen Händen einen Papierstapel von sich weg, um

Platz für sein Schnupftabakdöschen zu schaffen. »Ausgezeichnet! Jeder ein Hindernis, der ihm in die Quere kommt – fabelhaft. Damit lässt sich was anfangen. Am besten gleich jetzt!«

»Wie darf ich das verstehen?«, wollte Abstreiter nun wissen.

»Müssen Sie das?«, erwiderte der OK-Boss nachsichtig. »So schnell?« Er behandelte so manchen vom Innendienst wie einen besseren Oberaktenträger. »Lassen wir unsere Hübsche doch erst mal ausplaudern, was unser Sportsmann für Vorschläge – nennen wir es ruhig so – auf Lager hat! Einverstanden?«

»Genau das wollte ich damit sagen«, erwiderte unser Gastgeber verbindlich. »Ich bin ganz Ohr, liebes Fräulein Müller.«

Die Müller war aufgestanden, schlenderte zur anderen Tischseite und beendete ihren Vortrag. »Der Boxer meinte sinngemäß, auf Bek Börrek sollte man jetzt schnell und direkt zugehen, Herrn Krieg dagegen langsam kommen lassen. Mag sein, ich gebrauche hier einen Boxerjargon. Konkreter wollte er jedoch nicht werden. Das mag seiner Ringerfahrung entsprechen: Umhauen statt quatschen! Vielleicht reden Sie noch mal mit ihm, Kollege Kommissar.«

»Nö«, widersprach Warmblut ihr. »Dafür bin ich der Falsche. Das machen Sie mal schön selber, Müller. Bleiben Sie dran! Dazu brauchen Sie mich nicht. Ich nehme mir dafür den Boxer zu Herzen – wenn wir ihn richtig verstehen, sollten wir uns unverzüglich den Börrek vorknöpfen. POP, was halten Sie davon, sind Sie dabei? Filou wäre auch nicht schlecht. Nur kann er den Sklavenhändler nicht riechen, der Moralist, der Arschpfeifer.«

Schon hatte mich Warmblut am Ärmel gepackt und zog mich hinaus. Filou folgte uns langsam; wie er sagte, den Cola-Automaten suchend. Fräulein Müller blieb im Sitzungszimmer zurück.

Verbotene Spiele

Es geschah in der Nacht zum »Schmutzigen Donnerstag«, morgens zwischen drei und vier Uhr. Sie lagen bäuchlings in den

Federn, das Laken bis zu den Schultern hochgezogen und spielten Mikado. »Wer etwas bewegt«, erklärten sie einstimmig, »der hat schon verloren.«

Auf die Ellenbogen gestützt, zitterten ihre Hände dennoch nicht. Man hatte sich in der Gewalt und räumte ab, Stäbchen für Stäbchen. Bei so viel Besonnenheit brachten sie quasi ein, zwei, drei Unentschieden zuwege. Kein Sieger, keine Besiegte.

Dem eigentlichen Geschlechtsakt schienen sie nicht viel abzugewinnen, der großen gelenkigen Leidenschaft, dem heuchlerischen Fortpflanzungstrieb.

»Wie denkst du darüber?«, fragte er.

»Überhaupt nicht.« Fräulein Maiko löste ihr buntes Haar, das zuvor zu einer Storchennestfrisur hochgesteckt war.

»Du denkst dir wirklich nichts dabei?«

»Nein, mein Junge, in unserem Fall schon gar nicht.«

»Das heißt?«

»Es verstößt gegen die Dienstvorschrift. Darauf steht ein Disziplinarverfahren, Beurlaubung auf Bewährung mindestens.«

»Hört sich gut an. Aber gilt das auch nach Feierabend?« So konnte nur einer wie Bruder Tom fragen. Doch besann er sich gleich wieder und fragte weiter: »Du siehst dich also als meine Bewährungshelferin?«

»Lass gut sein, Liebster. Ich finde schon einen Dreh. Wolltest du nicht auf unsere Gehaltsliste?«

»Ja, aber …«

»Kein aber. Gestern Abend habe ich Abstreiter – so heißt mein Vorgesetzter im Kriminalamt – klargemacht, dass ich nicht länger ohne Leibwächter auskomme, kapiert?«

»Du wirst albern!«

»Ja, aber das ändert unsere Lage.«

»Spielen wir noch eine Runde?«

»Mikado?«

»Meinetwegen – nennen wir es so.« Diesmal fielen die Stäbchen schon bei der ersten Berührung durcheinander, und sie piekten sich daran, spitz wie sie waren.

Fräulein Müller fühlte sich nun frei, Bruder Tom zu berichten, was OK-Kommissar Warmblut bei Bek Börrek am Abend zuvor ausgerichtet hatte. Er habe ihn allein in der Teestube angetroffen, ohne Uralski. Ohne Handschellen, geschweige denn Daumenschrauben anlegen zu müssen, habe ihm der dicke Türke sein Herz ausgeschüttet, betreffs der »Machenschaften«, die der Herr Krieg, versteckt hinter seiner Faschingsmaske, im Schilde führe. Er, Bordell-Börrek, sei durchaus kein Freund dieser »Bimbos, Fidschis, Kurden und aller anderen Kanaken, die im Sozialzoo hausen« – nur müssten eben auch seine, Börreks, »deutschen Mitmenschen unter diesem Gelichter leben«, und deshalb sei es »einfach gotteslästerlich«, allesamt auf die Straße werfen zu wollen, nicht wahr? Geschäft hin, Geschäft her. Und womöglich gäbe es unter den Mietern auch unbescholtene. Er, Börrek, wolle in dieser Angelegenheit nicht einmal ein Zweckbündnis eingehen – »jedenfalls nicht mit Krieg und Konsorten«. Vielmehr verfolge er ganz andere Ziele, »zum Beispiel die Wiedereröffnung meiner Spielsalons in irgendeiner Form.«

Mit dieser Versicherung, um nicht von einem »unverschämten Angebot« zu sprechen, sah Fräulein Müller voraus, könne der pragmatisch gesinnte Kommissar bestimmt allerlei anfangen. Da gebe es bekanntlich noch Kollegen von ganz anderem Kaliber. So stünde die Verhaftung eines Chefkommissars unmittelbar bevor, der für Geld Tipps für Straftaten gegeben habe, und der Polizeipräsident sei hochzufrieden, dass wieder einmal ohne Ansehen der Amtsperson zugeschlagen werde.

»Wenn du wüsstest, wie aufregend ich diese Seite der Polizeiarbeit finde«, reagierte Bruder Tom eiskalt. »Warmblut! Wenn ich den Namen schon höre. Der Mann ist bei mir abgemeldet.«

»Dir fehlt eben der Humor, Liebster. Als Boxer, als Profi solltest du doch wissen: Der Fisch stinkt nicht vom Schwanz her.«

Es klang aggressiv, als er erwiderte: »Vielleicht bin ich so humorlos wie du betriebsblind.«

»Da sagst du was, Bodyguard.«

»Und noch was sage ich dir: Ich kenne keinen Warmblut mehr, keinen Börrek und keinen Zwillingsbruder und dergleichen. Hiermit verabschiede ich mich von eurem Verein.«

»Du steigst einfach aus? Meinen Glückwunsch!« Sie hatte sich aufgerichtet im Bett und setzte nach: »Und ich?«

»Du? Wer bist du eigentlich? Bühne oder Bulle? Oder geht das zusammen? Was ist mit deinem Liebhaber – diesem Oberregierungsrat? Deinem Vorgesetzten im Amt, wie du ihn nennst. Was ist denn los mit dir?«

Sie saßen jetzt nebeneinander auf der Bettkante; sie mit Laken, er ohne, und sie antwortete ihm: »Ja, ja, nimm nur alles für bare Münze! Nimm nur alles sehr ernst. Einer wenigstens, wenigstens einer. Von ihm, Abstreiter, stammt übrigens der Vers von dem Schiff, ›die Segel mit Parfum getränkt‹ und so weiter. Ein Mann, verheiratet, ein halbes Dutzend Kinder, die meisten ehelich.« Lachend sagte sie noch: »Die wirken ziemlich lustlos«, um darauf die Hände auf ihr Gesicht zu legen.

Er wartete, ohne sich irgendwie zu regen, bis sie fortfuhr: »Doch mit dir, Tom, bin ich auch nicht besser dran.« Und einen Moment später: »So, Liebster, und jetzt spielst du mir mal was vor, ja?« Er griff nach der Klarinette, die neben dem Bettkasten lag, und spielte genauso kurz und trocken, wie er sprach, ohne Vibrato. Improvisierte ein bisschen, bis jemand an eine Zimmerwand klopfte. Draußen war es noch dunkel, ein Haufen Schnee brachte noch kein Licht, eine Nacht noch nicht das große Gefühl.

»Komm ins Bett«, sagte sie noch. »Ich sing dir auch ein Schlaflied für kleine Jungs.« Und sie hielt ihr Versprechen:

Es waren einmal zwei Nachbarn,
Die hatten einander nicht lieb.
Drei Gartenzwerge besaß der eine,
Der andere keine.
Wie viele hätten die beiden besessen,
Hätten die Zwerge gehabt einander lieb!

Es waren einmal zwei Nachbarn,
Die lebten entzweit durch einen Zaun.
Viel Sonne bekam der eine,
Der andere kaum.
Wie viel hätten sie beide bekommen,
Hätte gehabt der Zaun ein Loch –
Die Sonne ein Kind!

Fräulein Müller sah, dass Bruder Tom bereits schlief, um die tief liegenden Augen ein Lächeln; für sich allein (»... oder konnte er mich hören?«) sang sie ihr Liedchen zu Ende:

Es waren einmal zwei Nachbarn,
Die beschimpften einander zig Male.
Nüsse knabberte der eine,
Der andere die Schale.
Wie viel Zwerge unter der Sonne
Flogen für die Schalen in die Tonne!

Maiko Müller kleidete sich langsam an, löschte das Licht und verließ ungewaschen die fremde Wohnung. Ihre eigene lag nicht weit entfernt, war zu Fuß zu erreichen, bevor es Tag wurde. In der fremden Wohnung war sie im Flur über gepackte Koffer gestolpert.

Hausieren und haussieren

Das Gewimmel war gewaltig und die Schneedecke hielt stand. Ein fröhliches Fest sollte es werden – die Narren hätten es wohl verdient gehabt. Die obere Potsdamer Straße, abgeschirmt vom üblichen Durchgangsverkehr, hatte förmlich eine weiße Weste angelegt an diesem Faschingsdonnerstag, dem angeblich schmutzigen, und der strahlend weiße Straßenbelag wirkte wie eine Waschmittelwerbung von oben, flächendeckend.

Zum Ausschank der ersten Eimer Glühweins – anstelle von Freibier – hatte sich interessehalber auch Herr Dr. Abstreiter eingefunden, um nach Erledigung seiner beruflichen Pflichten nun seine persönliche Anteilnahme ins Spiel bringen zu können. Zum Beweis dafür hatte er sich wie das übrige Volk von den Ordnungskräften der Großveranstaltung eine rote Pappnase aufsetzen lassen. Den Rest seiner stattlichen, sozusagen offiziellen Gestalt, eingehüllt in einen knöchellangen Schafsfellmantel, tarnte er auf die allernatürlichste Weise, indem er die beiden jüngsten seiner legitimen Kinder an der Hand führte, fünf- und siebenjährig. Die Bälger wollten indes ihre Pappnasen nicht tragen und warfen sie guterzogen in einen der Abfallkübel, die überall am Straßenrand zwischen Losbuden herumstanden.

In diesen Buden waren neben Glühwein gratis und heißen Würstchen, Tee und Minipizza Lose für die Faschingstombola zu haben. Ein Los für drei Mark, Imbiss inklusive. Als Hauptgewinn stand nahezu greifbar für jedermann ein fabrikneuer Sportwagen in einem Partyzelt zur Ansicht, dahinter als 2. und 3. Gewinn jeweils ein fast fabrikneuer. Als Trostpreise waren 250 Anteilscheine für »Mary's Fund for a Better World« ausgeschrieben.

Anteilsscheine für die Großen, dachte sich Herr Krieg, Luftballons und Lutschbonbons für die Kleinen. Hausieren und haussieren! Die Lose, stellte er nicht ohne innere Befriedigung fest, verkauften sich jedenfalls besser als sich Hochglanzbroschüren im Wahlkampf verschenken ließen. Aber das würde noch längst nicht alles sein: Nach der Tombola soll eine Auktion à la américaine steigen, eine Arme-Leute-Versteigerung von Edelkarossen mit gewissen Unfallschäden; das ebenfalls zu Wohlfahrtszwecken. Zunächst aber sollten sich die guten Leute erst mal an ihrem Wein erwärmen! Was wiegt schon ein Los, wenn man nicht daran glaubt!?

Herrn Dr. Abstreiter hingegen interessierte (vorerst) dreierlei: Ein angekündigter Bühnenauftritt von Miss Maiko im großen Festzelt, zugänglich nicht nur für Kenner; der angesetzte Schaukampf von Bruder Tom, angekündigt als »Revanche gegen die Unsichtbare Hand im Dopinggemenge«; und drittens – warum nicht? – die Faschingsjungfernrede des Herrn Preuß, Direktor der Preußisch-Nationalen Depositenkasse. Die »Abrissbirne« hatte sich letztlich überreden lassen, die Patenschaft über die gesamte Faschingsfamilie zu übernehmen; in seiner Position als Parlamentarier, nicht als Bankier.

Abstreiter hatte sich frühzeitig ins Festzelt hineindrängen lassen, wohl wissend, dass man darin auf die Einrichtung einer Absperrung für Ehrengäste verzichten würde. Trotz seiner Vorsorge fühlte er sich bald eingequetscht von all den vielen Fremden, die ringsum ihm unbekannte Duftmarken setzten – von Fusel und Knoblauch, Marihuana und Moschus. Oftmals Leute, die ihm angesichts der Außentemperaturen allzu leicht bekleidet erschienen. Ohnehin beschlich ihn ein ungewohntes Gefühl auf Augenhöhe mit hunderten, ja tausenden fadenscheinig kostümierten Menschen, die ihm Auge um Auge völlig unbekannt waren, als besäßen diese Mitbürger sämtlich keine anderen Namen als Meier oder Schulze. Doch wollte er sich jetzt nicht eingestehen, dass er den meisten von ihnen lieber nicht im Dunkeln begegnen wollte. »Prost!«, rief er einer Gruppe Halbwüchsiger zu und schwenkte fröhlich seinen leeren Plastikbecher.

In der zunehmenden Enge trug er seinen Jüngsten auf den Schultern und beobachtete fürsorglich den größeren Bengel, der zu anderen Kindern auf die Rednertribüne geklettert war, um dort mit ihnen Fangen zu spielen. Räuber und Gendarm, dachte der Oberregierungsrat und fühlte sich um ein halbes Jahrhundert zurückversetzt. Ach ja, erinnerte er sich, Ruinen waren damals unsere Spielplätze, unsere Verstecke beim ersten Vater-Mutter-Kindspiel. Schöne, schlimme Zeiten damals! Kehren nicht wieder. Schade und auch wieder nicht.

Damals – noch heute konnte er sich gut daran erinnern – waren seine Spielgefährtinnen deutlich älter als er selbst gewesen, inzwischen war es umgekehrt. Daran ließ sich erkennen, dass man seitdem nicht jünger geworden war, auch an Jahren zugenommen hatte.

Herr Abstreiter bestieg eine Plastikkiste, um sich einen besseren Überblick zu verschaffen und um in der Menge von bestimmten Personen, die ihn kannten, entdeckt zu werden. Noch spielte die Karnevalskapelle und er bemerkte sogleich, um wie viel besser auch die Akustik war einen halben Meter über dem Flickenteppich von bunten Hüten und Wuschelköpfen. Fräulein Müller jedoch, die sich dicht hinter ihm in Richtung Bühne vorbeischlängelte, bemerkte er nicht. Oder vielmehr zu spät. Da stand sie schon unter der Bühne in der Zeltmitte, eingekeilt von Drückern, die ihre Lose an den Kunden brachten, und eingehakt bei einem Typen, den er, Herr Dr. Abstreiter, hier besser nicht kennen wollte – angesichts der Paparazzi, dieser unblutigen Scharfschützen, die in ihren Motiven so wenig wählerisch waren. Es war Signor Strangularpreti, der die Müller in diesem Moment aus seinem Blickfeld zog.

Damit nicht genug, musste er gleich darauf feststellen, dass sein Siebenjähriger von der Bühne verschwunden war. Die Kabelleger vom Fernsehen mochten ihn dort vertrieben haben – doch wohin?, war seine bange Frage. Musste er jetzt etwa eine Suchmeldung durchsagen lassen? Bloß das nicht! Andererseits, schoss es ihm durch den Kopf, handelt es sich bei dem Bengel um einen Sohn meiner Ehefrau und in dieser Sache war nicht mit ihr zu spaßen. Es wäre unfair, ihr das vorzuwerfen. »Sebastian-Friedrich!«, rief er zweimal laut in das Getümmel.

»Hier!«, brüllte jedes Mal ein Kerl zurück, der seinem Aufzug nach zur Prinzengarde zählte. »Angetreten bis zum Umfallen!«

Als Künstlerischer Leiter der Veranstaltung und Vorsitzender des Karnevalsvereins »Via del Corso« hatte Strangularpreti Miss Maiko, unsere beamtete Auftragskünstlerin, wohlmeinend zu seiner Beraterin erkoren. Wohlweislich aber davon abgesehen, aus seinen Reihen das übliche Faschingstrio Prinz-Bauer-Jungfrau stellen zu wollen. Lieber wollte er in Konkurrenz dazu mit einem Rollenspiel aus der Commedia dell'arte auftrumpfen, um damit das kultiviertere, in der Geschichte mediterraner Köstlichkeiten bewanderte Publikum zu erfreuen. Anders als ein preußischer Faschingsprinz, der bekanntlich im Börsensaal der Industrie- und Handelskammer sangeskundig sein musste, konnte er seinen Triumphator-Harlekin nicht zu Pferde, nur zu Esel, durchaus in jeder Pizzabäckerei finden. Deshalb musste er noch lange nicht mit einem Firmenschild um den Hals herumreiten. Ebensowenig wie Fräulein Maiko, die als Tingeltangel-Soubrette wählen sollte zwischen Charakteren der koketten Colombina oder der wenig gescheiten Popa. Allein die Straßenschilder auf der oberen Potsdamer hatte Strangularpreti umwidmen lassen in Via del Corso, was in dem verschneiten Treiben indes wenig zur Geltung kam. Er selbst war übrigens noch unschlüssig, ob er Pulcinella, den Gockelhahn, oder den dümmlichen Dottore mimen würde. Wollte abwarten, wie sich die Partnerin entschied (nach Lage der Dinge hinter dem Carnevale).

Das seltsame Paar hatte sich hinter die Bühne zurückgezogen, abgesperrt auf der einen Seite durch Umkleidekabinen, auf der anderen durch einen WC-Container vom gewöhnlichen Publikum. Und dort unter vier Augen stellte der Römer ihr die Frage: »Colombina oder Popa?«

»Was für eine Frage!«, antwortete an ihrer Stelle Herr Krieg, unauffällig aus dem Hintergrund herangetreten. »Was für eine Frage, Don Giovanni! Wenig galant, wirklich. Da mache ich Miss Maiko besser das Angebot, in meinem Faschingsverein den Part der Prinzessin, der Jungfrau zu übernehmen, einverstanden?«

Man küsste sich die Wangen und die Müller gab ihnen Bescheid: »Sehr schmeichelhaft, danke, doch auf der Bühne nicht mein Fach. Im übrigen, Frank, bin ich Giovanni schon verpflichtet und Doppelrollen wären ein bisschen viel verlangt bei meiner schmalen Gage.«

»Darüber ließe sich reden«, meinte Krieg und wurde plötzlich ernst. »Hat hier jemand Bek Börrek gesehen?«, wollte er unvermittelt wissen. »Oder Uralski? Ich suche die beiden schon seit heute Morgen. Sind auch über Funk nicht zu erreichen. Habt ihr sie hier gesehen?« Er wirkte so fahrig wie seine Fragen, wer sollte unter diesen Menschenmassen wohl den anderen finden? Was sollte daran so aufregend sein?

Die Müller und Strangularpreti zuckten nur die Schultern und letzterer fragte zurück: »Brauchen wir die hier?«

Herr Krieg wehrte ab: »Nein, das nicht. Die Dinge liegen komplizierter, Signor!« Und damit zog er seinen Mann beiseite, ließ die junge Dame einfach stehen, senkte die Stimme: »Ich fürchte, es war geradezu kriminell, Börrek mit ins Boot zu nehmen.«

»Aber was ist der Gangster noch, ohne uns? Ein Nichts ohne seine Läden! Lebt doch nur noch von seiner Laufkundschaft!«

»Hör mir zu, Giovanni! Lass mich ausreden.« Zum ersten Mal duzte Herr Krieg seinen italienischen Kompagnon. »Genau das ist das Problem, dass der Herr der Glücksspiele am Ende ist. Denn was tut ein solcher Mann in solcher Lage? Wozu ist er fähig unter solchen Umständen?«

»Sie glauben, Franco, Börrek könnte sich unter Umständen der Konkurrenz zur Verfügung stellen?«

»Hat er genau das – gewiss, unter anderen Vorzeichen – nicht früher auch schon getan? Hat er nicht einmal einen aktiven Polizeihauptmann vom Pfad der Tugend gestoßen? Einen uniformierten Idioten als Geschäftsführer beschäftigt, nein? Ja, damals ging es ihm zu gut. Also beging er diesen unverzeihlichen Fehler – und wir sind töricht genug, ihn aus der Bredouille zu holen. Unverzeihlich auch das, meine ich heute. Denn heute geht es ihm so schlecht, wie es ihm früher zu gut ging. Sowas läuft in der Konsequenz auf dasselbe hinaus, Signor. Vorgestern die Wanze in unserer Loge, gestern, wie ich höre, ein Glas Tee mit einem von der Kripo und heute von der Oberfläche verschwunden. Was sagt uns das?«

Die Herren erschraken leicht. Hatte sich doch unversehens

Fräulein Müller wieder zu ihnen gesellt, unaufgefordert, einfach so, um sich mit der Bemerkung einzuschalten: »Da haben Sie recht, Frank, das Ganze klingt irgendwie nach einem Zeugenschutzprogramm.«

»Zeugenschutzprogramm?« Strangularpreti zeigte sich erstaunt. »Woher, Miss Maiko, sind ausgerechnet Ihnen solche Bürokratenbegriffe bekannt?« Lächelnd erwartete er eine Antwort, während Herr Krieg sich etwas ungehalten die breite Nase rieb. Er war sichtlich in einen Zustand der Beunruhigung versetzt. Konnte es kaum noch sich selber verheimlichen.

Fräulein Müller hingegen war scheinbar nicht aus der Fassung zu bringen. »Warum sollte dieses Wort hier jemanden irritieren? Ins Volkstümliche übersetzt, bedeutet es doch nur: Jemandem am Zeuge flicken. Und das ist halb so schlimm. Kommt es nicht darauf an, was man daraus macht?«

Signor Strangularpreti konnte das nur bejahen. Herr Krieg aber wirkte noch ratloser als zuvor. Zumal in diesem Augenblick ein verheulter kleiner Junge vor ihm auftauchte, und das mit der verzweifelten Frage: »Onkel Frank, hast du meinen Papi gesehen?«

Liebevoll beugte sich Fräulein Müller zu dem Jungen herunter. »Wie heißt du denn, kleiner Mann?« Das Gesicht kannte sie.

Der kleine Mann sagte es ihr, auch wenn sie ihn in seinem herzerweichenden Flüsterton kaum verstand. Dann aber ging sie mit ihm auf die Bühne zum Mikrofon. Herr Krieg strebte unterdes dem nächsten Ausgang zu.

Eine Standortbestimmung

Herr Direktor Preuß umfing eben das Rednerpult, als Mitglied des Hohen Hauses, wie gesagt, worauf die Blaskapelle hinter ihm endlich in Schweigen verfiel. Für seine Rede an die Faschingsgemeinde benötigte er kein Manuskript, nur zwei, drei handschriftliche Gedächtnisstützen. Doch bevor er überhaupt zu

Worte kam, hatte ihm Fräulein Müller ihr Findelkind in den Arm gedrückt, und da stand er nun unverhofft wie der Gute Geist eines Waisenhauses da, edelmütig und mildtätig. Nur von äußerer Gestalt mächtig und gut betucht. Geistesgegenwärtig überwand er seine erste Verblüffung, um aus der Not des »kleinen Mannes« die eigene Tugendhaftigkeit herauszukehren. Flink stopfte er den Kindermund mit Lutschbonbons, wovon ihm eine Jackentasche überquoll, und wandte sich mit einem familiären Lächeln den Kameras zu. Ein gelungener Auftakt war ihm das.

»Meine lieben Narren und Närrinnen«, setzte er an, machte dann eine kleine Pause, um der dichten Menge, die sich unter der Zeltbühne versammelt hatte, eine erste Gelegenheit zu größerer Aufmerksamkeit zu geben, und erhob darauf seine Nuschelstimme: »Man hat mich gebeten, hier und heute aus besonderem Anlass zu euch zu sprechen. Dies als einer eurer Stadtväter. Dafür danke ich euch! Heißt doch dieser besondere Anlass: Frohsinn. Und davon können wir gar nicht genug bekommen, habe ich recht?«

Zweite kurze Unterbrechung. Aber auch der erste Zwischenruf, der wie auf Verabredung erklang. Ein kleiner Chor aus dem Hintergrund: »In deinen fröhlichen Tagen / Fürchte des Unglücks tückische Nähe!« Das hörte sich an wie eine unverhohlene Drohung, nicht aus der Mitte der Faschingsgesellschaft, sondern von einem Rand, der zu vernachlässigen war.

Der Redner erklärte mit Gelassenheit: »Darauf kommen wir noch zu sprechen«, um unbeirrt fortzufahren: »Der Frohsinn gibt uns also recht. Den lassen wir uns nicht nehmen und das ist gut so. Hier, unter diesem schönen Zeltdach, das uns schützt vor Eis und Schnee, erkenne ich viele Gesichter wieder, denen ich sonst nur morgens auf dem Weg zur Arbeit begegne. Auf der Straße also, die, wie wir alle wissen, uns nicht immer Anlass zur Freude gibt. Das ist wahr und nur ein Wirrkopf würde das bestreiten. Wahr ist aber auch, dass es ein paar, wenn auch wenige Wirrköpfe gibt, die …«

In diesem Moment plärrte der kleine Abstreiter ins Mikrofon: »Pappi, wo bist du?« Der Saal aber wälzte sich vor Vergnügen, was den offiziellen Redner zu der Bemerkung hinriss: »Da haben wir den Beweis – der Frohsinn obsiegt! Den lassen wir uns nicht verleiden.« Wieder griff er in die Jackentasche und gab den Jungen frei, um zugleich seine Flucht nach vorn fortzusetzen: »Ich sprach also von einer Handvoll Wirrköpfe, die meinen, sie müssten unsereins mit Dreck bewerfen; die meinen, sie müssten uns als, hm, ›Abrissbirne‹ beschimpfen. Schöne Früchtchen sind mir das! Genau dieselben nämlich, ausgerechnet dieselben, die wir niemals morgens auf unserem Weg zur Arbeit treffen. Nein, wir begegnen ihnen allenfalls einmal im Dunkeln, wo sie sich in eine Hausecke drücken, um nicht erkannt zu werden. Doch lassen wir sie dort stehen! Machen wir uns nicht mit ihnen gemein! Feiern wir unser Faschingsfest lieber ohne sie! Was meint ihr?«

Er leerte sein Glas, das Wasser, nicht Glühwein enthielt, zur Hälfte und sein Lächeln, zuletzt eher aasig, wurde wieder familiär. Das hässliche Wort, das er kurz wiedergeben hatte, war in Rufen wie »Helau!« und »Freibier!« untergegangen. Nur vereinzelt waren Stimmen laut geworden, die verlangten, der leibliche Vater des verlorenen Kindes möge sich endlich melden – der Junge hockte noch immer verlassen unter dem Rednerpult. Auch Fräulein Müller ließ sich nicht mehr blicken.

Ich verließ den Zeltsaal durch denselben Notausgang, den vor mir Herr Krieg genommen hatte und folgte seinen Spuren im frischen Schnee in Richtung Haupteingang. Es war klar, dass er früher oder später nach dem Prinzip Münchhausen vorgehen würde, zumindest versuchen würde, sich am eigenen Schopf aus dem Sumpf zu ziehen. Falls er nicht schon im Begriff war, dies zu tun. Seine Spuren verloren sich bald auf einem Trampelpfad, auf dem die Menschen in einem unübersehbaren Gänsemarsch bereits jetzt mehr taumelten als schritten, sich selbst sowie ihre Speisen und Getränke möglichst in der Waage haltend.

Ein Krieg war weit und breit nicht zu entdecken, weder Herr

noch Tom Krieg. An ihrer Stelle jedoch zwei andere Bekannte, etwas abseits unter einem der aufgereihten Losbudenschirme: die Müller und Dr. Abstreiter. Beide heftig gestikulierend (hören konnte ich sie nicht), schienen sie sich gegenseitig Vorwürfe zu machen, wahrscheinlich darüber zu streiten, wer nun den kleinen Sebastian-Friedrich von der Bühne herunterholen sollte. Aus den Fängen des Festredners retten sollte, interpretierte ich, und ging ihnen vorsichtshalber aus dem Weg.

In entgegengesetzter Richtung näherte ich mich einem hell erleuchteten Zeltpavillon mit durchsichtigen Rundwänden, worin die drei Rennwagen geparkt standen, die als Hauptgewinne versprochen waren. »Nur ein kleiner Hinweis«, hatte ich plötzlich unseren Flurfunk im Ohr. »Entweder Sie schalten Ihr Handy an, oder Sie rufen selber mal durch, spätestens sofort!« Der zischenden Flüsterstimme zugewandt, sah ich den jungen Kapuzenmann nur noch von hinten. Ein fixer Junge, unser Filou.

Ich erwärmte mich an einem ordentlichen Schluck aus der Taschenflasche und nahm Verbindung zu meinem zuständigen OK-Kollegen auf. »Hören Sie, POP! Ich bin stolz auf Sie«, rasselte Warmblut den üblichen Vers herunter. »Ihnen habe ich es zu verdanken, wenn uns langsam die Milch sauer wird. Treffen mit Frank K. in genau achtzehn Minuten.« Wir verglichen unsere Uhren; sie stimmten natürlich überein. Dann sagte er noch: »Hotel am Gendarmenmarkt, suchen Sie sich eins aus. Bis dann.«

Das war im verschneiten Umleitungsstau unmöglich zu schaffen. Das war vergeigt. Ebensogut konnte ich Herrn Krieg meinem hochverehrten Kollegen überlassen. Gab es hier nicht genug zu tun? Und wollte mich Warmblut überhaupt dabeihaben? Eine Gewissheit, die er mir schuldig geblieben war. Sollte ich nicht zunächst Fräulein Müller fragen, wie sie darüber dachte? Hatte dieser famose Kollege eigentlich eine Ahnung, was sich hier am Ort abspielte? War ich vielleicht sein Laufbursche?

Die weite Zelthalle fasste kaum mehr Publikum. Man schätzte es bereits auf zwölftausend Köpfe. Allerdings strömten zur Zeit

– es ging auf 18 Uhr – schon mehr heraus als herein. Hinaus in die verkehrsberuhigte Winterluft, hinein in den Dunst von Popcorn, Gewürznelken und Discounttabak, vermischt mit heißer Luft aus großen Heizungsschläuchen. Ein Großteil der Massen, der sang, tanzte und klatschte, schien gar nicht wahrhaben zu wollen, dass ein Fasching ohne Ansprachen nicht wirklich ernstzunehmen war, ungeachtet der Verstärker ringsum. Die Menge aber, die sich angesprochen fühlte, drängte sich jetzt noch dichter um die Rednertribüne.

Stadtvater Preuß musste sich eine lange Zeit bei den »Wirrköpfen« aufgehalten haben; denn erst jetzt machte er einen Punkt und rief: »Kommen wir also, liebe Närrinnen und Narren, von der geistigen Verwirrung zum gesunden Menschenverstand! Vom verachtenswerten Mob der Straße zur Sanierung eines ganzen Wohnviertels, das nur von Zynikern als ein ›Sozialzoo‹ verunglimpft werden kann. Dort leben bekanntlich in 750 Wohnungen über 3000 Menschen, soweit polizeilich gemeldet, aus über 100 Ländern aller Weltgegenden. Wenn mir das Faschingswort gestattet ist: Ein Tollhaus im besten Sinne, will ich meinen. Denn darin wird nicht bloß geredet, wie etwa in der UNO, darin wird auch gehandelt, gegessen, geschlafen und – geliebt. Gewohnt eben. Ich meine, das macht einen schönen Doppelsinn.«

Beifall im Publikum, vereinzelte Zustimmung: »Sehr richtig, Herr Bankier!«, weitverbreitete Heiterkeit.

»Denken wir nur an die Hilfsbedürftigen in der Dritten Welt, liebe Faschingsgemeinde!«, forderte der Redner. »Noch heute muss dort jeder dritte Mensch mit weniger als drei Mark täglich auskommen. Nur jeder Vierte hat Zugang zu sauberem Trinkwasser. Und wie viel besser haben es dagegen unsere schwarzen, gelben oder braunen Mitbürger hier auf der Potsdamer Straße! Da kann man sagen, was man will. Das nämlich kommt noch hinzu: Die freie Meinungsäußerung für jeden Mann und – das vor allem – für jede Frau.«

Eine Zwischenruferin wollte daraufhin vom Redner wissen, wie viele Frauen er denn kenne von der Potsdamer Straße.

Der Herr über das Faschingsvolk stimmte ein in das große Gelächter, das der Veranstaltung schließlich ihren Sinn gab, und wurde wieder ernst; das heißt, er trank noch mehr Wasser – Wein brauchte er nicht, da er die Wahrheit in seinen Worten fand: »Ich bin oft gefragt worden, wie ich zu der Sanierung des fraglichen Wohnviertels stehe. Und dies umso öfter, da mir bekanntlich unterstellt wurde, ich hätte einem ›Abriss‹ das Wort geredet. Ich antworte darauf mit Gelassenheit: Das ist mit mir nicht zu machen! Denn erstens ist das böse Wort Abriss ein Zitat, das von einer interessierten Journaille aus dem Zusammenhang gerissen wurde. Und zweitens: Würde ich denn hier auf dieser Tribüne stehen, wenn ich den Sanierungsanbieter, den ›Mary's Fund for a Better World‹, kurz: MFBW, nicht ausdrücklich unterstützen würde? Hier der Beweis: Ich kaufe zehn Glückslose auf einmal!«

Herr Preuß ließ sich sogar zweimal zehn Lose verkaufen, doch nur um sie ins Publikum zu werfen, das sie dankbar auffing. Es musste ihm überdies Spaß machen, sich darum zu schlagen.

Ein kurzweiliges Schauspiel

Das massenhafte Gerangel um ein paar Papierschnipsel, die ihren Besitzern ein Gratisglück versprachen, drohte Formen anzunehmen; Formen, die den angekündigten Boxkampf überflüssig zu machen drohten. Herr Direktor Preuß wäre indes nicht er selbst gewesen, hätte er nicht das Heft in der Hand behalten. »Alle mal herhören, Leute!«, rief er ins Mikrofon. »Das mit den Losen war doch nur ein kleiner Faschingsscherz. Nichts als Muster ohne Wert, nur Attrappen! Nur ein kleiner Vorgeschmack. Die echten Lose werden jetzt draußen an den Buden verteilt!«

Das half. Eine Menge Narren und Närrinnen eilte unverzüglich zu den Zeltausgängen, begleitet von einem Marsch der Faschingskapelle. (Ihre Mitglieder mochten nette Kerle sein, dachte ich. Nur gab es leider noch keine Verordnung, die unter Strafandrohung von Musikern verlangte, ihre Instrumente vor Gebrauch zu schütteln.) Gleichzeitig wurde die Bühne in einen Boxring verwandelt, während ein kleiner Herr ganz in Weiß über Megafon eine »wahre Ringschlacht um Anstand und Rechtschaffenheit« voraussagte, zwischen dem bekannten Lokalmatador und einem »schwarzen Mann aus der Bronx« namens Jonathan »The Maneater« Waterloo. Da gab es kein Vertun; Letzterer von der Figur her eine Art wandelnde Telefonzelle, eingehüllt in einen purpurfarbenen Bademantel, half sogar mit beim Aufrichten der Ringpfosten und Spannen der Seile; nicht unähnlich einem Dompteur, der das Aufstellen seines Vorführkäfigs überwachte.

Ich machte mir dabei so meine Gedanken, ob die bevorstehende professionelle Keilerei nicht etwa in einen Akt der vorsätzlichen Körperverletzung, wenn nicht gar des fahrlässigen Totschlages ausarten könnte, vom Steuereintreiber billigend in Kauf genommen. Beruhigend war hingegen die Gewissheit, dass man bei jedem Versuch der Steuervermeidung unerbittlich zuschlagen würde, immerhin. Andererseits: Womit ließe sich »Boxing as working class anger«, wie der Gelehrte sagt, besser bekämpfen, als durch eine offene, ausgestreckte Hand? Wäre der Staat andernfalls nicht mit Dummheit geschlagen?

Mindestens eine erwartungsvolle Viertelstunde sollte noch vergehen, bis der unvermeidliche Herr in Weiß, offenbar der Ringrichter, flankiert von einer Schar muskulöser, schwarzbebrillter, grimmig blickender Begleiter mit der Kunde ans Rednerpult trat, der Kampf müsse leider vertagt werden. Nach einer routinemäßigen medizinischen Voruntersuchung beider Kämpfer stehe für den einen, für »The Maneater« Waterloo, der Arztbericht mit einer »Unbedenklichkeitsbescheinigung« noch aus, sorry! Man wolle jedes Risiko für Körper und Geist aller Beteiligten, auch des Ringrichters, vermeiden.

Das war leicht dahingesagt. Ein nicht geringer Teil des Publikums schien sich geistig betrogen zu fühlen, wollte sich dafür auf handgreifliche Weise revanchieren, worauf sich der Männerverein auf der Bühne wiederum gezwungen sah, jeden, der ihre erhöhte Plattform zu erobern versuchte, höchst eindringlich zurückzuweisen. Mit Fäusten und Füßen. Am Ende also blieb man den Zuschauern einen ehrlichen Kampf nicht schuldig.

Irgendwann jedoch wurde aus dem Ernst wieder Spaß gemacht und auf der Bühne der Auftritt einer »Clownstruppe« angekündigt. Vorerst aber hatte ich genug gesehen und ging hinaus ins Freie, um meinen Kollegen Kommissar anzurufen. Unterwegs traf ich auf eine Streitmacht in schönen historischen Husarenkostümen, die einschritt, um die Ordnung im Zeltsaal wiederherzustellen.

»Ach, Sie sind's, POP«, meldete sich Warmblut. »Wie sieht's aus an der Faschingsfront?« Er schien mich nicht zu vermissen.

»Relativ ruhig. Geht alles seinen normalen Gang. Und bei Ihnen im Hotel?«

»Ähnlich, wie es aussieht. Verdächtig ruhig. Frank K. hat sich erleichtert hier, was Abdullah B. betrifft. Dieser plane angeblich einen Anschlag. Mit Sprengstoff oder sowas. Vermutlich gegen den ›Sozialzoo‹.«

Ich holte tief Luft, um deutlich zu widersprechen: »Quatsch! Dort wohnen die eigenen Leute der Bordellbande, all die Damen und Herren, die dazugehören. Das käme einem Selbstmord en gros gleich.«

»Was Sie nicht sagen, POP! Das war mir neu.«

Da saß mein Kollege im Rauchsalon eines Luxushotels, teilte seinen geliebten Maltwhiskey mit einem Gangsterboss und glaubte obendrein, die üblichen Witze reißen zu dürfen, auf meine Kosten. Während ich Gefahr lief, am potenziellen Tatort in die Luft zu fliegen. War diesem Menschen denn nicht beizubringen, dass, wenn Börrek tatsächlich einen Coup gegen Krieg & Co. vorhatte, das Faschingsfest selbst das Ziel sein würde? Verfügte nicht Börrek hier am Ort über ein Heer von Handlangern – all die Nutten, Luden, Drücker, Diebe und Dealer –, die den ganzen Straßenladen auf einen Wink von ihm umschmeißen konnten? Mal abgesehen von ein paar hundert örtlichen Taxifahrern, Fahrradboten, Zeitungsausträgern und ähnlichen Trebegängern, die ihm im Nebenberuf Kundschaft gegen Provision zutrieben. Von wegen Sprengstoff! Kriegs neuer Rivale besaß hier eine soziale Infrastruktur, gegen die jede Dynamitkerze blass aussehen würde wie eine Knallerbse. Eine Hölle von Scheiße konnte dieses Spektakel hervorbringen!

All das sagte ich meinem OK-Kollegen. Er hörte sich auch alles geduldig an, verabschiedete sich dann aber mit der blöden Frage, warum ich unter derart »bedrohlichen Vorzeichen« nicht lieber zu ihm ins Hotel gekommen wäre. Ich dachte darüber nach, nachdem unsere Verbindung unterbrochen war. Im Grunde hatte er wohl recht, im Grunde war das eine gute Frage. Jetzt wollte ich nur noch Fräulein Müller finden, um sie zur Lagebesprechung ins Hotel einzuladen. Ich wusste, wo ich sie suchen musste, und kehrte in die Festhalle zurück.

Ich kam gerade noch rechtzeitig – Commedia dell'arte auf der Bühne! – und musste die Müller gar nicht erst suchen. Nur war sie eben stark beschäftigt: eine Colombina mit Mandelaugen im Mondgesicht. Ihr Harlekin umschwirrte sie, auf einem Drahtesel hockend, Flötentöne aussendend, oder war es eine Klarinette? Dazu ein trauriges Paar von Tölpeln, Popa und Il Dottore, blindlings von einem lausigen alten Hund gefolgt (auch ihre Stimmen kamen mir reichlich bekannt vor). Die angekündigte »Clowns«-Truppe. Alle trugen die klassische Halbmaske, auch der Hund.

IL DOTTORE: »Viva! Popa, sieh nur! Wir haben ein Glückslos gewonnen! Unglaublich!« (Schwenkt einen Fetzen Klopapier)

POPA (umarmt den glücklichen Gewinner): »Madonna! Grazie mille!« (Sinkt auf die Knie)

HARLEKIN: »Mescolare prima di consumare!« (Starker Berliner Akzent)

DOTTORE: »Was soll das heißen?«

COLOMBINA: »Vor Gebrauch umrühren!«

POPA UND DOTTORE (wie aus einem Munde): »Ja, wir sind tief gerührt.«

COLOMBINA: »Dann wird alles gut. Also hört mir zu: Wer vernünftig ist, arbeitet dort, wo er am meisten gewinnt.«

HARLEKIN: »Das ist ein Naturgesetz!«

DOTTORE (verdutzt): »Arbeiten?«

POPA (verwirrt): »Wir haben doch schon gewonnen! Wozu noch arbeiten?«

COLOMBINA: »Am Gewinn arbeiten, heißt das. Ihr habt einen Anteil gewonnen an der Verschönerung eures Hauses, eurer Wohnung, versteht ihr?«

DOTTORE (verzweifelt): »Unseres Hauses? Ratten.«

HARLEKIN (fröhlich): »Aber nein! Die sind längst ausgezogen, haben's nicht mehr ausgehalten.«

POPA: »Unsere Wohnung? Kakerlaken.«

COLOMBINA (belehrend): »Niemand kann so schnell um die Ecke flitzen, ein Meter pro Sekunde. Kein Windhund ist so schnell.«

HARLEKIN: »Und kein Gerichtsvollzieher.«

Colombina: »Gläubiger wissen alles, können aber nichts.«

HARLEKIN: »Gerichtsvollzieher wissen und können alles, kommen aber immer zu spät.«

Dottore (wühlt in seinen Taschen): »Nicht immer.«

POPA: »Sind wir jetzt Miteigentümer?«

COLOMBINA: »Miteigentümer, Mitarbeiter, wie man's nimmt.«

HARLEKIN: »Ja, nehmt nur den Pinsel zur Hand! Lavorando da casa – arbeiten, ohne das Haus verlassen zu müssen.«

DOTTORE (ungläubig): »Das ist unser Gewinn?« (Tröstet die traurige Popa)

COLOMBINA (streng): »Immer noch besser, als ohne Arbeit das Haus verlassen zu müssen.«

HARLEKIN (leicht belustigt): »Arbeitslos? Wohnungslos? Wie kann sich ein Mensch nur arbeitslos nennen? Hat er nicht Hände und Füße? Hände zum Umdrehen, Füße zur Beweglichkeit. Und einen Kopf, wofür auch immer?« (Spielt auf seiner Flöte).

Hatte das Bühnenspiel zum wachsenden Vergnügen des Publikums begonnen, so verlief es bald, wie ich besorgt feststellen musste, zu seinem wachsenden Missvergnügen. Buhrufe wurden laut und lauter, begleitet von Kommentaren wie »Miesmacher!« oder »Halsabschneider!«. Galt das eine offenkundig dem Künstlerpersonal, so konnten mit den »Abschneidern« nur Leute gemeint sein, die sich nicht mehr blicken ließen, schon gar nicht auf der Bühne. Wie, so musste ich mich fragen, sollte das bloß enden?

Hinter mir orakelte es wieder im Chor: »In deinen fröhlichen Tagen ...« usw.

Ein wichtiges Selbstgespräch

Auf meinen Aussichtsturm zurückgekehrt, allein um Mitternacht, stopfte ich meinen Magen mit einem Hawaiitoast und beriet die Lage mit mir selbst. Dies in Hut und Mantel auf dem Balkon, wo mein Nachtsichtgerät in südwestlicher Richtung auf die Potsdamer Brücke eingestellt war, schräg unter mir, einen Gewehrschuss weit entfernt. Die Aussicht war nicht schlecht, das Schneetreiben hatte stark nachgelassen. Dennoch nahm ich mir vor, demnächst die Verglasung des Balkons zu beantragen, Bodenheizung eingeschlossen, damit er mir jederzeit wie ein Cockpit dienen konnte. Über Kopfhörer samt Mikrofon war ich jetzt mit der zentralen Einsatzbereitschaft verbunden – es konnte jeden Moment losgehen unten an der Brücke.

Wie konnte es so weit kommen?, fragte ich mich immer wieder, das Minimikro vor der Nase, ohne dass mich die geringste Antwort über die Kopfhörer erreichte. Ja, wie denn auch!? In der Einsatzzentrale war man doch, gelinde ausgedrückt, genauso viel oder wenig im Bilde wie ich. Dort würde man kaum die Vorgeschichte kennen: Ein Großkaufmann – »Alles für's Auto!« – weiß die gesamte seriöse Händlergilde an der Potsdamer Straße hinter sich, insofern er die dortige Kriminalität als ruf- und damit geschäftsschädigend fürchtet; namentlich den Handel mit Frauen, Pässen, falschen Devisen, Drogen und Handfeuerwaffen. Krieg versucht …

»Haben Sie nicht etwas vergessen?«, meldete sich eine unbekannte Stimme im Kopfhörer. »Hat Herr Krieg nicht selbst gestohlene Autos verschoben?«

Also gut, Krieg versucht, mit Strangularpretis Unterstützung, Börrek und Uralski zu neutralisieren, die er als Hauptorganisatoren der einschlägigen Verbrechen ansieht. Über ihre gemeinsame Geschäftsbank, die in den letzten Jahrzehnten unbescholtene PNDK, wollen Krieg und Strangularpreti das Gespann Börrek/Uralski an einem Investmentfonds beteiligen. Dies zu dem Zweck, mittels ihres MFBW, eines Dachfonds, die luxuriöse, sozialunverträgliche Sanierung eines benachbarten Armutsquartiers durchzuführen, um darin einen Mieteraustausch vorzunehmen. Dabei gehen Krieg und Partner davon aus, dass Börrek und Partner in dem fraglichen Wohnblock – durch gewisse Medien als »Sozialzoo« bekannt geworden – ihre Helfer und Helfershelferinnen eingemietet haben. Der »Straßensumpf« soll also trockengelegt werden.

Wieder die fremde Stimme im Hörer: »Entschuldigen Sie mal, Kollege, welche Blätter lesen Sie eigentlich?« (Was sollte ich darauf sagen?)

Weiter: Während Uralski in den Fonds einsteigt – ob bloß zum Schein, sei dahingestellt –, wird er von Börrek, der sich zu Recht ausgebootet sieht, offen boykottiert; derart offen, dass er den Schwindelfonds bei der Polizei anzeigt. Krieg wiederum, der davon durch irgendeine undichte Stelle im Apparat erfährt, wie es scheint, denunziert Börreks vermeintliche Verbrechen und warnt vor dessen mutmaßlichen Attentatsplänen im Schatten des Faschingsfestes, angeblich gegen Oberregierungsrat Dr. Abstreiter gerichtet.

»Abstreiter?«, murmelte ich leise. »Warum nicht Krieg?« Ich wüsste nicht zu sagen, ob es die berühmte innere Stimme oder der Kopfhörer war; jedenfalls kam die Antwort: »Vielleicht will da jemand von sich ablenken.« Um Klarheit zu haben, dass ich mich mit mir selbst unterhielt, knipste ich die hochempfindliche Technik aus und machte zugleich dem Toastbrot ein Ende – ein paar verirrte Schneeflocken waren darauf geschmolzen, es schmeckte wässrig.

In der Tat, Krieg wollte offenkundig von sich auf Abstreiter ablenken, vermutlich um für eine Erhöhung der polizeilichen Alarmstufe zu sorgen sowie für Börreks Verhaftung. So weit konnte ich folgen. In der eisigen Balkonluft sah ich meinen Atem aufsteigen, als ich laut fragte: »Wenn Krieg und Abstreiter sich aber ›recht gut kennen dürften‹, wie die Müller beim Fasching von Abstreiter junior erfahren haben will, warum hat Krieg sich dann ausgerechnet an Warmblut gewandt? Nun gut, er hat sich damit an den abgestuften Dienstweg gehalten. – Nur, wenn es da doch etwas zwischen den beiden Herren gäbe, Gott behüte!, wäre seine Vorsicht durchaus verständlich. Andererseits kann sich die Müller lediglich auf einen Kindermund berufen: ›Hallo, Onkel Frank‹, na und? Würde sie denn auf einen Staatsanwalt treffen, der das Kind beim rechten Namen riefe?« Mir gefror die Spucke und ich hielt den Mund.

Gewollt oder nicht, der Kirschmund, Bruder Tom, der Filou und die Hauswartsfrau samt Hund hatten den Ernst der Lage bei ihrem Komödienspiel offensichtlich unterschätzt. Stimmung gegen die Faschingslotterie und somit böses Blut gemacht. Zumindest all diejenigen im Publikum, denen für einen lumpigen Taler bereits das Los einer Hausbesitzergemeinschaft zugefallen war – und das musste, gemessen an der Lautstärke, längst ein gutes Tausend sein –, fühlten sich bald mehr als genarrt. In einem Chor, der mächtiger und mächtiger erscholl, wurde die Parole »Anlagebetrug!« ausgerufen. Zuerst waren es nur Pappnasen, Plastikbecher und angebissene Minipizzas, die auf die Bühne segelten. Nach diesen Wurfgeschossen aber folgten die Werfer selbst.

Das Komödiantenquartett hatte sich vor dem Ansturm des närrischen Haufens zurückgezogen und über das Podium zogen nun hunderte von Menschen, als erhielten sie dort ihr verlorenes Glück zurück. Warum nicht aus der Hand einer guten Fee? Das ging so lange, bis es die Bühne unter ihnen nicht mehr aushielt. Ob menschliches Versagen oder Materialfehler, der Tumult wurde dadurch nicht geringer.

Im Gegenteil, einige Schreier verlangten gar nach Herrn Direktor Preuß – hatte er sich nicht als »Patenherr« der Veranstaltung ausgegeben? –, doch bloß um ihn, wie man sich ausdrückte, »tiefer« zu legen; wieder andere wollten ihn »höher hängen«. Aber das lief wohl auf dasselbe hinaus.

Das Faschingsfest war bereits von den Tatsachen überholt, als nicht etwa die Saalordner ins Zelt gestürmt kamen, sondern – Bek Börrek. Eskortiert von einer vielköpfigen Leibwache, in der Mehrzahl Kindergesichter mit Kulleraugen; Gesichter, die nicht dazu einluden, sich mit ihnen anzulegen. In den Händen trugen die Wächter Teile eines Absperrgitters, keine Schneebälle. (Auf ihre Art lügen auch erwachsene Milchgesichter nicht.)

Der Bek, von zweien seiner Begleiter in die Höhe gestemmt, rief über die Köpfe der Menge hinweg: »Mitbürger, Friede sei mit euch! Deutsche, Türken, Tamilen, Tibetaner, Kongolesen, Peruaner, Palästinenser – in einem Wort: Mitbürger von Albaner bis Zigeuner! Wir alle, die hier versammelt sind, leben und lernen, wohnen oder arbeiten oder feiern auf dieser alten Straße – und sind jetzt empört, betrogen und empört.«

Alle, aber auch alle Verstoßenen und Verfolgten dieser Welt mochten sich von dieser A-bis-Z-Formel angesprochen fühlen, doch nicht alle Empörten in der großen Runde. »Werft uns endlich die Reichen zum Fraß vor«, scholl es aus ihrer Mitte, »statt sie hier Reden halten zu lassen!«

Für alle, die Ohren besaßen, für alle, die den Allmächtigen kannten oder auch nicht, waren die Herren Börrek und Preuß damit auf eine bestimmte Stufe gestellt. Und der Bek, so stand nun zu befürchten, würde es nicht leicht haben, sich dem Volkszorn zu entziehen. Womöglich musste er bald doppelte und dreifache Prügel einstecken, tiefer gelegt und zugleich höher gehängt werden. Sein Bankier jedenfalls stellte sich der Meute nicht, hatte sich längst unter Polizeischutz begeben. Galt ihm das Gewaltmonopol doch als das sicherste aller Monopole.

Der Bek hingegen besaß ein reines Gewissen, was das Glücksspiel um die Elendsquartiere anging, und wich vor den geprellten Massen um keinen Zoll zurück. Der behäbige Mann thronte fester denn je auf den Schultern seiner imposanten Träger und sein verschwitzter, kahler Kugelkopf mit Schnauzer stach aus dem Halbdunkel leuchtend wie eine Kristalllaterne hervor. Im Moment ahnte der Bek allein, wie rasch die Missstimmung unter den Massen zu seinen Gunsten umschlagen konnte. Dieser lebensklugen Voraussicht entsprach auch seine Verwegenheit.

Aufs Erste jedoch wollte er sich der eigenen Landsmannschaft versichern und rief ihr zu: »Ne mutlu türküm diyene – Glücklich, wer von sich sagen kann, ich bin türkisch!« Der Widerhall im Zeltsaal war nicht gering zu schätzen, zumal er jeden Widerspruch übertönte. Und auf dieser Welle ritt er weiter: »Unser Standort Potsdamer Straße, meine Mitbürger und Mitmenschen, ist von Armut, Betrug und Cäsarenwahn betroffen! Das ist unser ABC! Das ABC des Südens, wie überall auf der Welt. Ein Konflikt, den uns der Norden bringt, in unserem Fall der Potsdamer Platz. Der reiche Norden mit seinen schönen Kaufläden, die uns die Kundschaft rauben mit ihrem falschen Glanz. Ja, uns, die wir manch bessere Ware billiger verkaufen, in den Ruin treiben, uns dem Arbeitsplatz nehmen, das Dach über dem Kopf, ja sogar unser kleines Glücksspiel verderben.« – Im Publikum erstmals lautstarke, kritische Zustimmung, die den Redner nun sagen ließ, was noch zu sagen war: »Wer bin ich, dass ich mich hier selbst zum Opfer solcher Machenschaften ernennen könnte!? Und dennoch bin ich einer von euch. Wer wüsste nicht, dass mir dieselben Spieltische weggenommen wurden, an denen nicht wenige von euch ihre glücklichsten Stunden verbracht haben? Und wohin wurden sie, wenn ich fragen darf, weggetragen, wenn nicht – im höheren Sinne – in die große Spielhölle oben am Potsdamer Platz? Muss ich hier und jetzt noch mehr sagen? Müssen wir auch noch ›Dankeschön!‹ sagen, wenn sie uns das letzte Hemd ausziehen?«

Was hieß da: Aufwiegelung der Straße? Anstachelung des Aufruhrs? Wenn obendrein im Hintergrund der Chor anhob: »O Waffen, Waffen her! Der letzte Tag bricht an.« Wenn das Festzelt, das eilends abgebaut wurde, so viele Stangen hergab. Wenn so viel Wein den Zorn erglühen ließ – und der Schnee zwischen Himmel und Erde, wieder so ein Naturgesetz!, steinhart gefror. Da konnte es eben kein Halten mehr geben, und die Worte des Bek hatten wohl kaum mehr als die Himmelsrichtung zur »Spielhölle« gewiesen. Abgesehen davon, dass sie Krieg & Co. in den Orkus trieben.

Abschiedsworte

Die Rede Bek Börreks war ihrem Höhepunkt nahe gewesen, als die Herren Krieg, Strangularpreti und Uralski den Schauplatz verlassen hatten. Nicht, dass sie das Weite suchen wollten. Ihre Operationspläne waren anderer Art: Einmal mit der Ordnungsmacht im Bunde, besiegelt in einem Hotel am Gendarmenmarkt, wollten sie sich als Freiwillige dem Massenansturm auf den Potsdamer Platz entgegenstellen. Solche Gelegenheiten boten sich nicht alle Tage. Landfriedensbruch war die Ausnahme oben am Platz. So bestiegen sie, alt und grau im Gesicht, einzeln ihre Lotto-Limousinen, geparkt zur Ansicht neben dem Festzelt, und fuhren im Konvoi davon. Der Auftritt des Bek hatte alle Aufmerksamkeit von ihnen abgelenkt.

Der Kirschmund und Bruder Tom hielten sich zur selben Zeit in einer Umkleidekabine hinter der Bühne versteckt, von innen verriegelt. Es handelte sich um eine Einpersonenkabine, eng wie am Badestrand, eingerichtet bloß mit einem Schminktischchen, einem Hocker und zwei Kleiderhaken. Sie saß oben, er unten, und sie trugen noch immer ihre Komödiantenkostüme. Versteckt hatten sie sich weniger vor dem erbosten, bis auf die Knochen gereizten Publikum, als vor einem möglichen Racheakt der bloßgestellten Investmentgesellschafter. Letztere mochten sich inzwischen durchaus ihre eigenen Gedanken gemacht haben, was die wahre Identität von Miss Maiko betraf, nachdem sie Strip-Strozza, der in der Commedia-dell'arte-Szene unbedingt ein Liebesspiel und dabei selber den Pulcinella, den Gockel, hatte geben wollen, in seiner Umkleidekabine von außen eingeschlossen hatte. Befreit von seinen Kumpanen, als das »Falschspiel« bereits über die Bühne gegangen war, war man sich über »das verdiente Schicksal der Verräter« schnell einig geworden: »Umlegen, einbetonieren und im Kanal versenken; anders geht's nicht.« So leicht war ihnen ein Doppelmord über die Lippen gegangen.

Maiko und Tom saßen in ihrem Versteck sehr dicht beieinander, lächelten und schwiegen, während sie auf die Ansprache des Bek hörten, und kicherten zuweilen auch wie Kinder, die im Verborgenen auf die Folgen eines Streichs lauschten, verübt an einem bösen Buben. Hin und wieder schlossen sie auch die Augen – wie in dem weitverbreiteten Kinderglauben, damit unsichtbar zu werden. Von der Rede draußen wie von den Zwischenrufen flogen ihnen nur Bruchstücke wie Teile eines Puzzles zu: »... Friede sei ... bis Zigeuner ... alte Straße ... empört ... die Reichen zum ... türküm diyene ... Standort ... Cäsaren ... ABC ... Konflikt ... der Norden ... falschen Glanz ... billiger verkaufen ... Ruin ... über dem Kopf ... Glücksspiel ... zum Opfer ... im höheren Sinne ... Hölle oben ... Dankeschön! ... das letzte Hemd ...« Da wurden die beiden in ein seltsames Gebet genommen.

Kichernd sagte er leise: »Genauso zerstückelt, wie ich letzte Nacht dein Lied gehört habe, im Halbschlaf. Dein Lied von den Zwergen.«

»Ach ja? Dann vergiss es, Tom!«

»Jetzt sitzen wir hier in der Falle.«

»... und spielen Mäuschen. Nicht mal mein Mikado habe ich dabei, wirklich schade.«

»Hoffentlich Pistole und Handschellen, oder?«

»Hast du Angst?«

»Nein, ich kenne nur meinen Bruder. Wir haben Börrek gegen ihn ausgespielt und aufgebracht. Börrek ist mir egal, aber ...«

»Aber?«

»Es wird dir komisch vorkommen, Maiko. Als Junge habe ich mal boxen gelernt, weil ich glaubte, mich damit wehren zu können.«

»Du meinst, es hat dir nichts gebracht?«

»Bei fairen Gegnern schon. Aber an deiner Stelle würde ich mich jetzt in Acht nehmen.«

»Mit deinem Bruder an der Hacke, ja? Darauf bin ich gefasst. Und du? Was ist mit dir, Tom? Heute früh ist mir aufgefallen, dass du deine Koffer nicht ausgepackt hast – ich bin darüber gestolpert.«

»Morgen fliege ich zurück. Zurück in die Bronx. Das Original tut es auch.«

Bei diesen Worten erinnerte sie sich, wie sie ihn schon einmal gefragt hatte: Du steigst einfach aus – und ich? Und wie er ihr geantwortet hatte: Du? Wer bist du eigentlich? Bühne oder Bulle? Oder geht das zusammen?

Alles Fragen, die unbeantwortet geblieben waren. Fragen machte anscheinend nicht klüger. Auf richtige Antworten war auch kein Verlass, dachte sie und sagte noch leiser als zuvor: »Das ist nicht gut, doch wahrscheinlich besser so.«

Er beugte sich vor und legte die gekreuzten Arme auf ihre Knie. »Und du, Maiko?«

»Ich? Ich nehme jetzt einen langen Urlaub, am besten auf einem Schiff, für niemanden erreichbar.« Sie nahm seinen Kopf in die Hände und drückte ihn tiefer in ihren Schoß. Weder sie noch er schien das Bedürfnis zu empfinden, einander zu widersprechen, so nötig es gewesen wäre.

Oh ja, »love and leave!« hatte sie dieses Leben gelehrt, diese ihre verwahrlosten Lebenslandschaften. Wer aber durfte denn mit Bestimmtheit behaupten, es sei ihnen einfach nicht gegeben gewesen, gemeinsam glücklicher zu werden? Sie selbst vielleicht am wenigsten. Glaubten sie etwa, sich bis zur Trennung unterscheiden zu müssen, weil sie sich in ihren Gefühlen so ähnlich sahen? Waren sie für so viel Aberwitz nicht allzu nüchtern? War also umgekehrt ihre Ernüchterung entscheidend? Blutjunge Menschen, die sie noch waren, ach!, schienen sie dennoch bereits jene Alterserfahrung zu fürchten, wonach unser Dasein vom Abschied bestimmt sei. Eine Gewissheit zudem, die bei Boxern und Bullen besonders stark ausgeprägt sein musste. Schon in der Blüte ihrer Sinnlichkeit mochten sie gelegentlich Dinge sehen, die uns gewöhnlichen Sterblichen aufgespart bleiben. Unsereins erlebt das nur als Zuschauer am Ring oder unter der Bühne. Oder auf der Straße.

Sie hoben die Köpfe, als der Lärm draußen im Zelt, das Gejohle und Geschrei, verebbte, doch nur um von lautem Fluchen und Schimpfen ersetzt zu werden, unterbrochen von krachenden Schlägen von Metall auf Metall. Wild hämmerte es von allen Seiten gegen die Wände ihrer Umkleidekabine, gegen ihr Versteck. Kunststoffwände, die, in Brand gesteckt, förmlich zusammenschmolzen unter ihren Augen. Aus dem Flammenring, der sich um ihre Füße schloss, über den Köpfen eine schwarze Rauchwolke, sprangen sie Hand in Hand ins Freie. Dort empfing sie der Schaum aus Feuerlöschern. In ihren angesengten Kostümen rannten sie aus dem Zelt, das an einer Seite schon abgebaut war, und wälzten sich draußen im frischen Schnee. Tranken dann Glühwein aus einem Becher und hüllten sich in die Wolldecken, die man ihnen brachte, erholten sich von ihrer »chemischen Reinigung«.

Der Kirschmund und Bruder Tom bemerkten erst jetzt, wer ihnen tatkräftig geholfen hatte – Männer mit Milchgesichtern und dunklen Kulleraugen, ausgerechnet die Leibgarde des Bek, der sagte: »Friede sei mit euch!«

Bis zum letzten Mann

Es war ein gefährlicher Ort, der nun in Bewegung geriet, auf Wanderschaft ging, als hätte sich die Straße in einen Tausendfüßler verwandelt. Es war nicht das kaufende Berlin von der Potsdamer Straße, das sich vom Zeltplatz massenhaft fortbewegte – Alte und Junge, Frauen wie Männer, in allen Farben unter einer unsichtbaren Fahne versammelt –, um gen Norden durch den Schnee zu ziehen. Noch aus der Ferne sah man dort oben, am Ende der Straße, glasgrüne Türme über bunkerähnlichen Bauten in die Nacht aufragen, zusammengeschoben wie eine Wagenburg. Im Mondlicht abweisender als am hellen Tag. Umso finsterer geriet die Stimmung in diesen letzten Stunden des Schmutzigen Donnerstag; auch unter denen, die ihre Narrenkappe noch nicht abgelegt hatten. »Der Schnee ist noch ein Vorteil für die Herrschaften«, sagte eine Frau zu ihrem Mann. »Denn darunter sind die Steine festgefroren.«

An der Spitze des langen Zuges marschierte Börreks Leibgarde, laut singend. Es hörte sich nicht nach einem Friedensgesang an. Es waren auch keine Palmwedel, die man schwenkte, nur Stangen ohne Fahnen. Der Bek selbst befand sich nicht in den vorderen Reihen. In einem schnellen Auto sitzend, folgte er der Kolonne im Schritttempo an deren rechter Flanke und gab über Megafon das Etappenziel bekannt: »Die Spielhölle ausräuchern! In den Kaufhallen die Hausordnung beachten: Diebstahl verboten!« Die Maskierten in der Menge aber lachten nur höhnisch. Natürlich wusste der Bek, dass er seine Augen nicht überall haben konnte, zumal er sich das Halstuch vor das Gesicht gezogen hatte.

Ein zweiter Wagen folgte mit Abstand und abgestellten Lichtern. Es war Tom Krieg, der ihn lenkte, während Maiko Müller, die neben ihm saß, ihr Funkgerät bearbeitete. Es funktionierte indes nicht, wahrscheinlich beschädigt. Sie fluchte, er schwieg, hielt das Ganze nur für einen irren Spuk. Was ihm fehlte, waren die einfachsten, elementarsten Polizeierfahrungen. Im Film, okay, aber auf offener Straße?

Endlich, als die ersten Marschreihen die Straßenkreuzung vor der Kanalbrücke erreicht hatten, waren Blaulichter in rasendem Wirbel zu sehen, gellende Signalhörner zu hören. Und vor der Auffahrt zur Brücke standen die Straßenkreuzer der Herren Krieg, Strangularpreti und Uralski bereits quergestellt. Und damit nicht genug, fielen Schüsse aus der Mitte dieser Barrikade.

»Waren das Böllerschüsse?«, fragte die unbekannte Frau darauf ihren Mann. »Etwa zur Begrüßung unseres Faschingsprinzen?« Tatsächlich war nur über ihre Köpfe hinweggeschossen worden, allerdings, was sie nicht wissen konnten, keineswegs mit Platzpatronen. Und tatsächlich konnte es den besagten Herren, die dem Zug hinter ihrer Barrikade auflauerten, als den Veranstaltern des Faschingsfestes keineswegs gleichgültig sein, wozu das mittlerweile unfrohe Straßenpublikum, nicht zum ersten Mal in die Irre geführt, womöglich fähig wäre. Das Schlimmste zu befürchten, konnte deshalb nicht verkehrt sein. Gewiss hatte der Bek diese Invasion des närrischen Mobs vorab mit einem launigen Spruch herunterspielen wollen. »Zwar ist die Ziege«, hatte er verkündet, »die Kuh des kleinen Mannes: Doch soll sie nur dort fressen, wo sie angebunden ist?« Indessen blieb stets zu bedenken, wer solche Sprüche zu welcher Zeit und an welchem Ort im Munde führte. Und daraus war der Schluss zu ziehen: Bloße Platzpatronen wären das falsche Mittel gewesen.

Auf der anderen Seite hatten Stadtvater Direktor Preuß und Oberregierungsrat Dr. Abstreiter den Herren Krieg & Co. ausdrücklich zur Mäßigung geraten: »Sie verfügen wohl über eine starke Position, liebe Freunde, tragen jedoch auch eine starke Verantwortung.« Und hinzugefügt: »Sollte die Sache einen unerwünschten Ausgang nehmen, so müssen Sie wissen, dass es folglich nicht in unserer Macht stünde, Ihre Verantwortung zu schmälern, so leid es uns täte.« Und noch hinzugefügt: »Doch wollen wir nicht unken, sondern hoffen, den Fortgang Ihres Unternehmens bald bei einer Kostprobe aus unserem Weinkeller erörtern zu dürfen. Bei der letzten Flasche unseres 42er Burgunders!«

Danach aber sah es jetzt nicht aus. Vielmehr wurde aus der Menge zurückgeschossen auf die Barrikade vor der Brücke, und zwar gezielt auf die Reifen der quergestellten Limousinen, dreimal kurz hintereinander. Offenbar wollte man die gegnerische Mannschaft noch an Ort und Stelle ausschalten, zumindest an der Flucht hindern. Damit war auf beiden Seiten eine höchst explosive Entgrenzung, eine bösartige Enthemmung eingetreten, die den Straßenumzug allerdings zum Stehen brachte. Wie versteinert wirkte er auf einen Schlag, erstarrt wie die angestrahlte Quadriga drüben auf dem Brandenburger Tor. Eingehüllt in die herabstürzenden Schneewolken, ging es weder vor noch zurück.

»Von wegen Böller!«, antwortete der unbekannte Mann seiner Frau. »Bomben sind das! Handliche, kleine Bomben.« Das Paar musste sich äußerst nahe an der Schusslinie befunden haben, als auf die quergeparkten Autos gefeuert wurde.

Von der hinteren Position des Wagens, der dem des Bek am Straßenrand gefolgt war, aus der Sicht von Maiko Müller und Tom Krieg, war überhaupt nicht auszumachen, wer da vorn auf wen schoss. Allein Filou, jetzt ohne Maultrommel, der auf dem Außenheck mitfuhr, hatte das Börrek'sche Mündungsfeuer im Schneeschleier aufblitzen sehen. Vorne aber versagten die Scheibenwischer, drinnen weiterhin die Funkanlage. Sie hatte nicht aufgehört zu fluchen, wogegen er noch verbissener schwieg; Verhaltensweisen, die sich ziemlich nahekamen, wenn man bedachte, wie oft das Schweigen zum Fluch werden konnte. Was sie nicht wissen konnten: Ihr Beifahrer draußen hatte sich beim Aufspringen an der Außenantenne festgehalten, jetzt steckte sie in seiner Jackentasche. Ungeachtet der nahen Menschenmassen befand man sich sozusagen auf einer einsamen Insel.

Neben ihnen war die Menge wieder in Bewegung gekommen. Große Teile im vorderen Bereich drängte es nun zum Rückmarsch, weitaus größere Teile im hinteren Bereich drängte es hingegen, das Schlachtfeld oben an der Brücke unmittelbar in Augenschein zu nehmen. So behinderte und blockierte man sich gegenseitig, was den inneren Frieden des Protestzuges keineswegs beförderte. Im Gegenteil, ein Missverständnis entwickelte sich unter dem Druck, der zuwiderlaufenden Bedürfnissen entsprang, zum Handgemenge, danach zur Keilerei, die außer Kontrolle geriet, und letztlich zur regelrechten Straßenschlacht. Ihren niedergeschlagenen Mann auf den Bürgersteig schleifend, klagte die unbekannte Frau: »Ob Bomben oder Böller, mit dem Fasching hat das nichts mehr zu tun; sag', was du willst.« Dazu aber fehlte ihm die Kraft.

Für die Polizei war es Zeit einzuschreiten. Galt es doch, ein Ausufern des Feuergefechts vor der Brücke einerseits sowie der massenhaften Gewalttaten in der Etappe andererseits tunlichst zu verhindern. Was Börrek samt Truppe anging, so konnte er über diesen bürgerkriegsähnlichen Ausgang des Faschingsumzuges ebensowenig froh werden wie seine Feinde jenseits der motorisierten Straßensperre. Insofern waren sie quasi wiedervereint, unversehens und widerwillig. Es war, als hätte dabei eine unsichtbare Macht ihre Hand im Spiel. Ratlos genug angesichts solcher unglücklichen Wendung, wie es beide Seiten ansahen, versäumten sie es darüber sogar, ihr Scharmützel fortzusetzen. Die Feuerwaffen schwiegen. Nicht zuletzt in Erwartung starker Ordnungskräfte, die bald wie Heuschreckenschwärme einfallen mussten.

Die Kampfparteien selbst standen sich einfallslos gegenüber, Offiziersstäben ähnlich, die Entsatz erhofften. Herr Krieg, verschanzt hinter seiner königlich-kugelsicheren Karosse, war zumindest mit sich selbst dahingehend einig, dass man mit dem Erscheinen der Polizei am Tatort entbehrlich sein würde. Sollten doch andere die Börrekbande zur Vernunft bringen! Unvorstellbar war ihm jene »unsichtbare Macht«, die im Getümmel unter der Brücke eine »Hand im Spiel« haben könnte. Mitnichten!

Hatten sich dort unter die weinseligen Pappnasen nicht längst ein paar Dutzend gutgebaute junge Männer gemischt, unkenntlich unter ihren Wintersportkapuzen, die das ganze Schlamassel eigenhändig angezettelt hatten? Allesamt gelernte Haudegen aus der stillen Polizeireserve? Auf den Weg gebracht, auf jene Via del

Corso carnevale, von Kommissar Warmblut höchstselbst? Wahrlich ein praktisch veranlagter Mann, sinnierte Herr Krieg, und obendrein einer von altruistischer Verwendbarkeit – schlechthin ironisch, wie gut wir trotzdem harmonieren. Da gibt es fraglos ein gleiches höheres Interesse, sobald die Not es verlangt. Es kommt stets darauf an, die passenden Konstellationen einzuplanen. Das setzt natürlich strategisches Meisterdenken voraus.

Was immer es war – womöglich der herbeigesehnte offene Polizeiansturm, der ausgerechnet jetzt über Gebühr auf sich warten ließ –, Herr Krieg vermochte es nicht, seinen geistigen Höhenflug fortzusetzen. Hinderlich war ihm wohl sein Unterbewusstsein, das, so sehr es ihn bekümmerte, sich nicht länger mehr ausblenden ließ. Vielmehr bedrängte es ihn mit der bestürzenden Einsicht, dass es für ihn hier oben an der Kanalbrücke zwar einen Tagessieg über den abtrünnigen Türken zu feiern gab. Was aber brachte ihm schon eine gewonnene Straßenschlacht im Schnee!? So gut wie nichts. Zugleich musste er erkennen, wie sein Feldzug für »Mary's Fund« – bildlich gesprochen – erst in den Flammen des Festzeltes untergegangen war und danach, was den verkohlten Rest betraf, in den Fluten unter der Kanalbrücke. Was blieb ihm noch, als die Aussicht auf eine ungewisse Zukunft des Autogeschäfts? Nicht ohne Erschütterung ersparte er sich jetzt eine vorschnelle Antwort auf diese Existenzfrage. Wohl wissend, wie abträglich ihm allein die bloße Frage, einmal an die Öffentlichkeit gelangt, sein musste. Gefragt war doch: Augen zu und durch, nicht durchgedreht!

Eine Art Trauermarsch hatte sich in seinen Kopf eingeschlichen, doch wollte er nicht nachlassen, diesen Marsch bis zum letzten Mann niederzumachen. Fest entschlossen zur Mobilmachung, zum Widerstand gegen das eigene Ohnmachtsgefühl, und festgeklammert am Kotflügel seines zugeschneiten Luxusmobils, ertappte er sich indes wieder und wieder dabei, einem tiefsitzenden Zweifel nachzugeben. Sicherlich hätte er diesen Zweifel wirksamer unterdrücken können, wäre es nicht gerade sein bester Gewährsmann gewesen, sein weltkluger Geschäftsfreund O.W. Preuß, ein beinahe väterlicher Freund also, der solchen Zweifel in ihm begründet hatte. Irgendwann einmal beim Pfeifchen am Kamin – oder war es beim Jogging im Kleistpark? – hatte ihm der Ältere einen kaiserlichen Kanzler zitiert: »Mit Reden und Schützenfesten und Liedern macht die Politik sich nicht, sie macht sich nur durch Blut und Eisen.«

Unsterbliche Worte!, sinnierte der junge Herr Krieg weiter. Hätte sie unsereins beherzigt zur rechten Zeit, brauchte ich mir jetzt keine Sorgen um die Zukunft machen – und hier nicht diesen albernen Heckenschützen! Mary's Fund wäre längst in trockenen Tüchern! Und Börreks Sklavenhandel nur noch ein Fall für die Straßenreinigung! Das alles wäre so sicher wie das Amen in der Kirche.

Plötzlich bemerkte Herr Krieg, dass einer neben ihm fehlte. Nicht Strangularpreti, der hockte noch kettenrauchend neben ihm auf dem Trittbrett des Wagens. Es war Gospodin Uralski, der fehlte. Krieg schnellte hoch, die Pistole durchgeladen, warf sich auf die schneebedeckte Kühlerhaube und zielte auf den rennenden kleinen Mann zwanzig, dreißig Meter vor ihm auf der Straße. Ein Schuss, und der kleine Mann strauchelte; ein zweiter, und er fiel. Fiel auf den Rücken, ohne zu wissen, ob er von vorn oder von hinten oder von beiden Seiten getroffen worden war. Von Krieg? Börrek? Von beiden? Egal, er lag dort rücklings auf dem Boden wie irgendein Käfer, der zwischen Baum und Borke hingefallen war, und mit dem letzten Atem, der ihm blieb, sagte er, was er immer sagte, wenn ihm das Lachen verging: »Der Teufel weint nicht, wenn ...« Den Rest behielt er für sich. Denn: Wen sollte er jetzt noch zum Lachen bringen?

Erfolgreiche Befehlsgewalt

Eine ruchlos-niederträchtige Hand hatte dem MFBW-Vorsitzenden die Kugel gegeben, wenn nicht zwei Hände je eine. Gefallen im Niemandsland, war er in Eis und Schnee gestorben.

Ein Deserteur in zweifacher Ausführung, der uns lehrte: Man desertierte nur einmal im Leben, so bestimmte es die Vorsehung. Als endlich die Polizei erschien, zeigte er auch ihr die kalte Schulter. Ein solistischer Irrläufer, hingemetzelt vom Ensemble, lag rücklings auf der Straße, Hemdkragen und Augen aufgerissen, doch konnte er den Beamten nicht mehr sehen, der ihm die Papiere abnahm. Die Leiche erhob keinen Einwand gegen die Feststellung ihrer Personalien; als gesichert konnten sie so oder so nicht gelten.

Viel zu spät, konnte die Polizei viel zu wenig tun, um weiteres Unheil zu verhindern; nicht einmal das, das ihren eigenen Angehörigen drohte. Zwar ließ sich nicht ohne Weiteres behaupten, der Straßenskandal hätte erst begonnen, als sie ihn zu beenden versuchte. Indessen: Statt ihre Aktionen im Sinne einer erfolgreichen Befehlsgewalt auf die beteiligten Menschen abzustellen, selbst wenn es sich dabei um einen närrischen Pöbel und teilweise sogar um Gangster handelte, konzentrierte sich die herbeigeeilte Einsatzleitung leider allzu sehr auf den Objektschutz. Der Potsdamer Platz, so hieß es allen Ernstes, sei schließlich »kein Selbstbedienungsladen«, geöffnet etwa für einen »Winterschlussverkauf unter Kundenregie«, und überhaupt gelte noch immer das alte Ladenschlussgesetz. »Jetzt um Mitternacht«, meinte einer der Offiziere, »steht allenfalls das Spielkasino noch offen, doch sehen mir diese Umzügler nicht danach aus, als hätten sie viel aufs Spiel zu setzen.«

Das Vorauskommando der Polizei war in einem Funkwagen von Westen her die Uferstraße heraufgekommen, hatte sich zwischen Herrn Kriegs Barrikade und die Spitze des Protestzuges geschoben und neben Uralskis Leiche gehalten. Noch rechtzeitig gewarnt durch das nahende akustische und optische Polizeisignal, Sirene und Blaulicht, hatte sich kurz zuvor Bek Börrek über sein Megafon gemeldet; diesmal mit einer Botschaft an den Feind: »He, Nachbar, bei dir brennt's schon wieder! Nein, nicht im Zelt. Jetzt brennt's in deiner Kreuzberger Tiefgarage. Was hat das zu bedeuten? Willst du dich heiß sanieren, he?«

Als die Polizeivorhut an der Potsdamer Brücke eintraf, war dort von den Herren Börrek, Krieg und Strangularpreti schon nichts mehr zu sehen gewesen. Einer hinter dem anderen, doch Abstand haltend, waren sie nach Börreks Durchsage davongerast, die Kanalstraße herunter in östlicher Richtung, wo Kriegs »Unfallwagen« lagerten. Er dachte: Hie die Polizei, da das Feuer – eine Flucht ins Feuer, verdammt! Und: Das wird Börrek mir büßen! In seiner kalten Wut spürte Krieg förmlich einen Brandstiftergeruch um sich her. Dass der Bek ihm auf der Straße folgte, entging ihm dabei. Hinter den beiden schnellen Wagen aber fuhr ein dritter, zielgerichtet auch er, wovon die vorderen wiederum nichts wussten.

Seine Insassen, Maiko Müller und Tom Krieg, waren durch eine merkwürdige Verkettung der Umstände in dieses Wettrennen ohne Sieger hineingeraten, in dunkler Nacht auf einer zweispurigen Einbahnstraße. Rechts und links die Schneewehen, unter der Uferböschung die schwarzen Wasser des Kanals, über ihnen die grelle Leuchtspur eines Hochbahnzuges, und an den Kreuzungen hinter ihnen blieben rote, gelbe, grüne Ampeln einäugig zurück; darunter vereinzelte Menschen als erschreckte, flüchtige Schattengestalten.

Irgendwo, ungefähr auf der Höhe jener historischen Statue, die einer »Belle Alliance« gewidmet war, lag auch ein menschlicher Körper am Straßenrand. Die Glieder seltsam verwinkelt um einen Laternenpfahl gewunden. Leicht zu identifizieren durch ein Pulcinella-Kostüm unter dem Lammfellmantel. Strangularpreti war offensichtlich abgesprungen, nachdem ihn eine böse Ahnung beschlichen hatte: In Kriegs Karosse würde er einem tödlichen Hinterhalt entgegenrasen, einer Mördergrube. So war er dem Beispiel Uralskis gefolgt, dem Risiko, die eigene Haut zu retten. Immer wieder verstießen eigensüchtige Gangster gegen das eherne Ganggesetz, das ein Überleben des Einzelnen nicht vorsah. Nun aber bezeugte eine weitere Leiche, wie wenig wir Lebenden das Gesetz der Geschichte achteten.

Auf der anderen Seite aber hatte sich auf ihre Weise auch die

Kripo-Inspektorin Maiko Müller von der Truppe weit entfernt, eigenmächtig, wie so oft, und überdies in privater Begleitung. Tom Krieg, die gescheiterte Boxerexistenz, steuerte jetzt sogar ihren Dienstwagen, der auf stellenweise eisglatter Straße Mühe hatte, das vorgegebene hohe Verfolgertempo zu halten. Wenigstens beachtete er dabei die Regel, im Schleuderfall nicht die Bremse durchzutreten. Obschon … Wer von beiden hätte nicht vermutet, dass auch sie auf dem Weg in eine Falle waren? Eine Falle, die zwar ursprünglich nicht ihnen galt, doch unbedacht so angelegt war, dass sie die Falschen treffen konnte. Die Singdrossel etwa anstelle des Automarders. Nur waren solche Verwechselungen eben schlecht voraussehbar, entsprechend der Natur einer jeden Falle. Anders gesagt: Vielleicht wären die Folgen einer Karambolage, verursacht durch eine Vollbremsung im falschen Moment, ein kleineres Übel und somit einer korrekten Fahrweise vorzuziehen gewesen. Doch hinterher war man immer schlauer.

Die Polizeivorhut an der Potsdamer Brücke – Vorreiter, die von alledem nichts wissen konnten, insbesondere nichts von der inzwischen erfolgten Verschiebung des eigentlichen Tatorts in östlicher Richtung – schritt nun selbst zur Tat. Nach der Protokollierung des toten Russen, gegen den ohnehin ein Haftbefehl vorlag, wurden zunächst die zwei verbliebenen Autos, die sich quergestellt in einer Parkverbotszone befanden, beiseite geräumt. Die Massen des aufgehaltenen Faschingsumzuges aber, der immerhin angemeldet und genehmigt war, begriffen diese Räumungsaktion als eine Art Kommando, weiterzumarschieren. Galt doch die einmal erteilte Genehmigung ausweislich für die gesamte Potsdamer Straße, die bekanntlich erst oben am Platz endete. Man drängte also vorwärts, mit Nachdruck von hinten.

Darüber ergab sich eine fortgesetzte Diskussion unter der uniformierten Einsatzleitung: War die amtliche Umzugsgenehmigung durch den Tod eines Teilnehmers erstens, durch die Parkordnungswidrigkeit zweier weiterer Teilnehmer zweitens nicht obsolet geworden? Und drittens: Fielen die Faschingsmasken zahlreicher weiterer Teilnehmer qua Punkt 1 und 2 nicht demzufolge unter das allgemeingültige Vermummungsverbot? Viertens: Wo befanden sich überhaupt die Faschingsveranstalter a) zur Tatzeit hinsichtlich Punkt 1 + 2 und b) derzeit als Verantwortliche im Sinne geltender Verordnungen? Und fünftens: Wie war früher in vergleichbaren Fällen entschieden worden? Im richtigen Moment wurden also die richtigen Fragen gestellt, nur waren sie von widerstreitenden mittleren Dienstgraden nicht auf der Stelle schlüssig zu beantworten. Man kannte das Dilemma. Darüber hinaus fehlte noch jeder Zeugenbeweis für die Annahme, die anfälligen Straftaten seien »von Narren an Narren« begangen worden, ja nicht einmal eine Anzeige lag vor.

Unterdes war die lautstarke Menge rechts und links an dem Polizeiposten vorbeigezogen, hatte ihn förmlich eingeschlossen. Verstärkungen, die jetzt eintrafen, kamen nicht mehr durch, mussten den Vorbeimarsch in dem Glauben abwarten, er sei ein billiges Volksvergnügen und damit rechtens. Doch ringsum standen gleichzeitig Mannschaftswagen mit einigen Hundertschaften in Reserve. Eine schneeschimmernde Notwehrreserve.

Für die angetretene Ordnungsmacht stellte sich ein übergeordnetes Problem: Der Ort des Geschehens deckte sich just mit einem Schnittpunkt vier verschiedener Stadtbezirke: Schöneberg, Kreuzberg, Tiergarten und Mitte. Der Einsatzbereich um die betreffende Brücke verbreiterte sich damit um ein Vielfaches gegenüber dem Kanal, der darunterlag. Welcher örtliche Polizeichef war da eigentlich tonangebend, alle, einer oder keiner? Wie leicht konnte es passieren, dass sich der eine oder andere hier ganz und gar verirrte, mitunter sogar ins kalte Wasser fiel!

Einer der anwesenden Einsatzleiter, der sich mehr oder weniger zuständig fühlte, pflegte über die verzwickte Lage regelmäßig seine Witze zu machen: »Kollege, warum fragen wir denn nicht die Brücke, auf wessen Seite sie steht?« Weniger Ranghohe nahmen die Sache häufig weniger gelassen und lieferten sich unschöne Wortwechsel, sogar über Funk. So auch in dieser frostigen Nacht, da man sich wieder einmal auf befremdliche Weise verständigte: »Warum erzählen Sie das nicht Ihrer Klobrille, Herr Wachtmeister?« Dabei hatte der Wachtmeister einen Vorgesetzten lediglich davor gewarnt, die umherziehenden Menschenmassen könnten sich leicht der Schneemassen bemächtigen. Ein Ausufern des Kanals, bewacht von einigen Hundertschaften, sei folglich weniger zu befürchten als ein Ausufern des Karnevals.

Chaos, wohin das übernächtigte Auge auch blickte. Gab es auf der uniformierten Seite ein Übermaß an Führung zu beklagen, so war es auf der kostümierten eher ein Mangel. Führungslos geworden ohne den wegweisenden Zuspruch Bek Börreks, der ausdrücklich dem »ausbeuterischen Las Vegas auf deutschem Boden« gegolten hatte, taumelten die stark angeheiterten Marschkolonnen nun ziemlich kopflos dahin. Doch durstiger und hungriger als je zuvor, und das unter hohen Werbetafeln an den Straßenrändern, die allerlei »Gaumenfreuden in Berlins schönster Erlebniswelt« versprachen. Die herrlich vollen Regale der Plaza vor dem geistigen Auge, Schinken, Kaviar und Champagner genug für jedermann, wollte sich der närrische Plebs aller Herren Länder den Appetit durch gar nichts mehr nehmen lassen, nicht einmal unter dem niederschmetternden Eindruck der örtlichen Allmachtsarchitektur. »Durchmarschieren und zugreifen!«, rief plötzlich derselbe Chor, der bereits im Festzelt breite Aufmerksamkeit gefunden hatte. Gesagt, getan. Schon rieselten in den heiligen Hallen die Glassplitter, wie draußen die Schneeflocken.

Die Nachhut des Mobs, ein Heer von Plünderern, versetzte zugleich eine Vielzahl von Bauzäunen, verschob mithilfe von Baggern riesige Schneemassen zu einer Schanze, um die verdutzte Polizeibegleitung an etwaigen Übergriffen zu hindern. Man wollte sich nur schadlos halten für den erlittenen Lotteriebetrug, wollte nicht mehr und nicht weniger, als das Faschingsgelage fortsetzen, andernorts und unentgeltlich. Jeder, der in solcher Situation einen »Schutzhelm als Narrenkappe« trug, wie es hieß, war als Spielverderber anzusehen und als Störer fernzuhalten. Voreilige Beamte, die nur ihre Pflicht taten, wurden dafür mit Konserven eingedeckt, die indes nur Linsengerichte enthielten. So manche Dose flog zurück.

Wutgeheul und Zähneknirschen. Etliche freundliche Helfer, einmal zum Feind erklärt, steckten bald hilflos im Schneestau und gingen auf dem Zahnfleisch, zu groß war die Gegenwehr der ortsansässigen Kombattanten. Alle, die unmittelbar beteiligt waren an diesem »Kampf um die Wurst«, wie ihn jener abgemeierte Wachtmeister verstand, sahen alles von der Schlacht, was überhaupt zu sehen war, nämlich nichts. Abgesehen vom schmerzerfüllten Auge dessen, auf den man gerade einschlug. Man war sich einfach zu nahe.

Die seltene Kunst, ein solches Getümmel wie ein Röntgenauge zu durchschauen, blieb unglücklicherweise auch diesmal dem abseitsstehenden Beobachter vorbehalten. Etwa einem der Hausherren am Potsdamer Platz, der jetzt oben im 18. Stockwerk seines Turmbaus über den Dingen stand, über den Leidenschaften der Niederungen. Das übliche Hochgefühl aber verließ ihn dabei. Ein kränklicher Zweifel durchfuhr ihn stattdessen, vermittelt wohl auch durch jene Leuchtschrift über seinen Glaswänden, den hauseigenen Segen dem Rest der Welt verkündend: »Die Zukunft ist Gegenwart. Wir bestimmen die Spielregeln.« So sehr der Mann sich bemühte, im Augenblick ließ dieses Wir-Gefühl auf sich warten. Beruhigung verschaffte kaum mehr das Rote Telefon, über das er längst gebeugt stand, unschlüssig: War Erste Hilfe nicht schon am Werk? Was blieb denn noch? Hier stockte ihm der Atem, sah er seine Vollmacht buchstäblich im Schneetreiben verwehen, fühlte bitter die Ungerechtigkeit der Außenwelt.

Tief unter diesem einsamen Mann stand zur selben Nachtzeit, hier in einer Art Unterstand aus Schnee, ein anderer einzelner Beobachter des Gewaltgeschehens, der trunkenen Plünderung eines ganzen Getränkelagers. Seine wollene Zipfelmütze über den roten Igelputz gestülpt, seine Maultrommel an den Lippen, eine nutzlose Antenne in der Jackentasche, musste dieser stille Beobachter auf einen Außenstehenden ziemlich verloren, ja fehl am Platz wirken. Welche Einsichten jedoch erhielt schon jemand, der von Filou nicht ins Vertrauen gezogen wurde? Wie wenig konnte er wissen von den eitlen Anstrengungen jener, die ein bestimmtes Kampfgeschehen zu planen, zu lenken versuchten! Wie unberechenbar, unvorhersehbar seine Schlachten, von der ersten bis zur letzten, tatsächlich verliefen. Doch waren sie erst einmal gelaufen, wussten sie allesamt ein Lied davon zu singen: »Wer schlachtet, muss auch salzen.« Unser Filou hielt sich da lieber heraus.

Das Ende vom Lied

Auf den verspäteten Wintereinbruch – weißer Fasching statt weiße Weihnacht – war noch im Februar ein übereilter Vorfrühling gefolgt, die Außentemperatur in Dreitagesfrist auf plus 12 Grad Celsius angestiegen. Beinahe schlagartig war die städtische Schneelandschaft unter Tage verschwunden, verwandelt in schwarzen Matsch auf allen Straßen, wo die Kanalisation nicht mitkam. Und schwarz leuchteten die kahlen Bäume unter der Sonne, die Kronen wie offene Arme zum Empfang der Zugvögel ausgebreitet. Schwarz aber trugen auch die vielen Menschen, in den Händen bunte Blumen, die am letzten Februarfreitag einen Todesfall beklagten. Eigentlich ein aufsehenerregender Todesfall unter mehreren in letzter Zeit, obendrein miteinander verknüpft, doch wusste die Öffentlichkeit den einen vom anderen zu unterscheiden. Allein die Trauernden schienen miteinander verbunden,«ähnlich der zu Kränzen geflochtenen Blumen«, wie einer der Berichterstatter vor Ort notierte.

Die große, durchaus ehrliche Anteilnahme der Medienöffentlichkeit ergab sich wohl daraus, dass Fräulein Müller hier nicht als Kripo-VE (Verdeckte Ermittlerin der Kriminalpolizei) zu Grabe getragen wurde, nicht offiziell, sondern als Miss Maiko, allgemein beliebt gewesen als eine fröhliche Bühnenkünstlerin. Die dienstliche Trauerfeier war im engsten Kreis erfolgt.

Wir hielten uns also im Hintergrund – Oberregierungsrat Dr. Abstreiter schüttelte mir beide Hände, als er im Schatten eines etwas entlegenen hohen Grabsteins zu mir stieß. OK-Kommissar Warmblut und dem Filou nickte er nur kurz zu. Er wirkte tatsächlich ziemlich mitgenommen und hätte ein weiteres Händeschütteln vielleicht gar nicht verkraftet. Oder machte es ihn bloß verlegen, mitansehen zu müssen, wie Warmblut den bitterlich weinenden Filou in die Arme nahm? Es war wirklich schwer zu erkennen, da Abstreiter seine Sonnenbrille auch im Schatten aufbehielt.

Unter den Trauergästen, die dem Grab am nächsten standen, sah ich Tom Krieg, die alte Hauswartsfrau und Taubenschlag. Letztere, zwei unserer verlässlichsten Stützen, schienen auch dem Boxer irgendwie Halt zu geben. Natürlich steckte ich nicht in ihm drin. Konnte folglich nur erraten, was in seinem Innersten vorging: Litt er wirklich? Oder fühlte er sich bloß überfordert? Bruder Tom war der einzige Unsicherheitsfaktor bei diesem Begräbnis. Es fehlte ihm an Erfahrung, vorauszusehen, was ihn dabei erwarten konnte. Einige Fotoreporter, spezialisiert auf die Hinterhofdepressionen schlichter Gemüter, waren eben damit beschäftigt, ihn zwischen Rollstuhl und Blindenhund abzubilden.

Da musste er einfach durch aufgrund der verantwortungsvollen Rolle, die hier zu spielen wir ihm aufgegeben hatten: Gemäß amtlicher Verlautbarung hatte er jenen »Verkehrsunfall auf eisglatter Straße« herbeigeführt, »nicht schuldhaft« allerdings, dem die bekannte Beifahrerin »zum Opfer gefallen« sei. Eine Version, dramatisch genug, um die Sensationshungrigsten zufriedenzustellen. Für die Nachwelt, soweit interessiert, ein tragfähiger Kompromiss. Dennoch mussten wir aufpassen, dass unser Boxer die Spielregeln einhielt. Die Angelegenheit musste auf würdige Weise zu Ende gebracht werden. Das rechtfertigte unsere Anwesenheit, insbesondere die meine als Sprecher der befassten Behörde. (Warmblut mochte gegen dieses Übereinkommen vorbringen, was er wollte.)

In den Trauerreihen hinter Tom Krieg und seiner Begleitung konnte ich viele Mitglieder der Gartenlauben-Belegschaft erkennen, darunter den Feuerspringer, die Girls, den Zauberer. Außerdem viele Gesichter, die zum Teil noch die Spuren jener nächtlichen Konsumorgie am Potsdamer Platz aufwiesen. Die Gesichter jener armen Schlucker, die nun sämtlich angezeigt waren wegen Land- und Hausfriedensbruch, Raub, Widerstand gegen die Staatsgewalt und einer Reihe kleinerer Torheiten. Allesamt arme Teufel, die nur von Glück sagen konnten, dass sie unter dem Einfluss von Alkoholmissbrauch gehandelt hatten. Angestachelt überdies von übelwollenden Hintermännern, Drahtziehern und Rädelsführern, mochten sie verständnisvolle, sozialverträgliche Richter finden, Bewährungsstrafen erhalten, um am Gefängnis vorbei in die gewohnten vier Wände zurückkehren zu können, wo das Leben schon irgendwie weitergehen würde. Es war ja immer schon irgendwie weitergegangen, und das nicht bloß bei Wasser und Brot. Denn selbst im Gefängnis wäre eine bessere Verköstigung gewährleistet gewesen.

Als strafmildernd konnte womöglich ein weiterer, nicht zu vernachlässigender Umstand berücksichtigt werden: Der Aufstand der vielen Glücksloskäufer, betrogen und betrunken, hatte letztlich den Anlageschwindel von einer »Besseren Welt« zunichtegemacht, dem Rechtsstaat also bei der Bekämpfung des organisierten Verbrechens zumindest indirekt in die Hand gearbeitet. Mit verwerflichen Mitteln zwar, doch ehrenamtlich. Und handelte nicht mancher Staatsdiener gelegentlich umgekehrt? Einfach so. Und hatten die Aufständischen nicht dazu beigetragen, die Herren Krieg und Börrek derart gegeneinander aufzubringen, dass sie jetzt ebenso abwesend waren wie Strangularpreti und Uralski? Eine schöne Leiche hatte jedenfalls nicht einer von ihnen bekommen. »Nur über meine Leiche!«, hatte schließlich ein jeder geflucht. Ein sträflicher Leichtsinn eingedenk der Binsenweisheit, wonach Flüche eher als Wünsche in Erfüllung gehen.

Ich blickte mich um, hinweg über das Immergrün der Gräber, über die bunten Blumengebinde der versammelten dunklen Gestalten. Hier lauschte eine Menge ernüchterter Ladenräuber und fragwürdiger Unterhaltungskünstler den letzten Worten des Geistlichen, dem »Asche zu Asche«. Die unvermeidlichen Meldungen der üblichen Nachrichtenhändler hatten der Verblichenen eine volkstümliche Abschiedsvorstellung beschert. Kein gewöhnlicher Sterblicher hätte sich träumen lassen, dass hier eine Polizistin begraben wurde. Ich selbst hätte es fast vergessen können, zumal ich ihren harmlosen Totenschein mit eigenen Augen gelesen hatte.

Da hieß es in strengem Schwarz-Weiß: »Mayoko Müller, Sängerin, geb. 12. 02. 1973, gest. 12. 02. 1999, Halswirbelbruch (Verkehrsunfall).« Was konnte daran falsch sein? Der Kirschmund war tot! War das nicht schlimm genug? Trauern hieß sich erinnern. Und wer erinnerte sich nicht gern der schönen Sängerin, ihrer lebenslustigen Lieder?

Die Mienen der Trauergemeinde mochten ruhig die milde Februarsonne verdunkeln, so konnte sie niemand hinters Licht führen. Die Freuden des Vorfrühlings würden sie bald einholen. Die Leute müssten nur mitgehen, sich fortbewegen. Vielleicht hatte der Geistliche in diesem Sinne gesprochen, da er dem Trauermarsch aus der Kapelle nachrief: »Es wird zum Fremden, wer am angestammten Ort verbleibt.« Gewiss, mir hatten sich die eventuell unterstellten Zusammenhänge nicht sogleich erschlossen: Sprach er da von Fräulein Müller? Von den Hinterbliebenen? Hatte der junge Mann vielleicht seinen Redetext verwechselt beziehungsweise das Begräbnis? Oder?

Es waren die Reporter eines lokalen Fernsehsenders, die meiner Selbstbefragung ein Ende machten. Sie hatten mich, den POP, hinter dem hohen Grabstein entdeckt, der mich verbergen sollte. Ebenso Regierungsrat Dr. Abstreiter. Nachfolgende Reporter – diese Burschen mussten auch einander belauern – schnitten ihm kurzerhand den Weg ab. »Kein Kommentar«, entfuhr es ihm dummerweise, »ich bin hier ganz privat, ich meine ...«

»Privat?«, echote es von sechs, sieben Seiten. »Wie dürfen wir das verstehen?«, lautete eine höfliche Zusatzfrage. »Sind Sie verwandt mit der Verstorbenen?«

Einige Dutzend schaulustige Trauergäste hatten uns im Handumdrehen umringt und es wurden immer mehr. Jeder Fluchtversuch, das musste wohl auch Abstreiter erkennen, hätte die gesunde Neugier der Menge zweifellos in ein abgrundtiefes Misstrauen verwandelt, die Reporterschar in eine Jagdgesellschaft. Die Öffentlichkeit besaß ein Recht auf Unterrichtung. Die Pressekonferenz, improvisiert zwischen Gräbern, war eröffnet und fand unter ungünstigsten Vorzeichen statt – in einer Stunde der Wahrheit, will sagen: Eine Tote lässt sich nicht belügen.

Mein Oberregierungsrat hob die Hand in schwarzem Leder und antwortete mit großer Ruhe: »Nein, nicht verwandt im engeren Sinne, falls Sie das meinen. Ich habe Fräulein Müller, frankly spoken, als Künstlerin bewundert. Ihre fröhlichen Auftritte werden mir, wie so vielen, unvergesslich bleiben.« Das hatte er schön gesagt, auch mit leicht tremolierender, belegter Stimme. Die Umstehenden in den hinteren Reihen hätten beinahe Applaus gespendet. »Die nächste Frage, bitte!«, setzte er ermutigt hinzu.

Daran war kein Mangel. Eine Gesellschaftsspalterin der Z.A.Z. fragte reichlich unverblümt: »Besitzen Sie Erkenntnisse, welcher Art die Beziehungen zwischen dem Fahrer des Unfallwagens und seiner Beifahrerin waren?«

»Diese Frage können Sie an mich richten«, fuhr ich dazwischen. Umsonst.

Dr. Abstreiter wollte es selber wissen: »Warum fragen Sie den Mann nicht selbst?« Ehe ich mich wieder einschalten konnte, hatte er seinen bösen Fehler schon bemerkt und ergänzte: »Im Übrigen fehlen mir hier und jetzt geradezu die Worte, um Fragen zu beantworten, die den guten Ruf der Toten in Zweifel ziehen könnten.« Wieder ein zustimmendes Gemurmel im Hintergrund, natürlich auch meinerseits.

Die abgekanzelte Dame schien nicht im mindesten beeindruckt. Ihrer weiteren Nachfrage kam jedoch eine fachlich versierte Polizeireporterin zuvor: »Wie erklären Sie sich den zeitlichen und örtlichen Zusammenhang von Tom Kriegs Unfall und Frank Kriegs Tod bei einer Schießerei? Gab es irgendeine Rivalität unter den Zwillingsbrüdern?«

Das war leicht zu beantworten. Ich tat es: »Wir sehen darin keinen Zusammenhang, sondern einen Zufall, wie ihn nur das wirkliche Leben hervorbringen kann, kein Filmszenario. So unbefriedigend das im Moment auch erscheinen mag. Noch Fragen?«

So behauptete ich meine Zuständigkeit. Es wäre unkollegial gewesen, Abstreiter ins offene Messer laufen zu lassen. Doch – so durchzuckte es mich – was war mit Bruder Tom? Was passierte, wenn man ihn anzuzapfen versuchte? Würde er dichthalten, nicht die Nerven verlieren unter einem doppelten Druck? Einem inneren und äußeren Druck; der eine intim, der andere publik. Rasch erklomm ich die nächstliegende Erhöhung – es war, als hätte mir jemand einen umgestürzten Grabstein in den Weg gelegt – und hielt Ausschau nach ihm. Beruhigt stieg ich wieder herunter, unsere Taktik hatte funktioniert – Kommissar Warmblut und der Filou hatten ihre Deckung verlassen, Bruder Tom am Grab in die Mitte genommen. Er stand jetzt unter Personenschutz.

Die nächste Frage kam, wie sag' ich's höflich?, vom Teeni-TV: »Trifft es zu, dass, wie die ersten Informationen eines gerichtsmedizinischen Instituts lauteten, Koks-Krieg von zweierlei Munitionstypen getroffen wurde, darunter von einem Vollmantelgeschoss, wie es die Polizei verwendet?«

Ich nahm diese Frage nicht weiter übel. Von Übel war vielmehr die Geschwätzigkeit mancher Unberufener. Um etwas Zeit zu gewinnen, versuchte ich mir vorzustellen, wie die Kameraleute in diesen Augenblicken meinen Gesichtsausdruck gleich Seelenärzten unter die Lupe nahmen. Darauf erwiderte ich: »Das ist nicht völlig auszuschließen. Völlig auszuschließen ist dagegen jede etwaige Annahme, die fragliche Munition sei von einem Angehörigen der Polizei auf den Genannten abgefeuert worden. Da ist nichts dran. Handelte es sich tatsächlich um eine Dienstwaffe, so wurde sie möglicherweise entwendet.«

»Von wem und wann?«

»Das ist eine gute Frage, nur hat sich der angenommene Dieb noch nicht gemeldet.«

»Fehlt Ihnen eine Waffe im Schrank?« Das Kerlchen feixte.

Mit diesem Haufen war eben nicht zu spaßen. Gab man ihm den kleinen Finger, drehte er einem sofort den Arm auf den Rücken. Ich überhörte die letzte Frage, drehte meinen Hut in der Hand und sagte barsch: »Die nächste Frage, meine Damen und Herren, ist die letzte für heute.«

Stille rundum. Das verhieß nichts Gutes. Offenbar hatte man sich untereinander heimlich abgesprochen, wer am Ende welche Frage stellen würde. Leidgeprüft von solcherlei Tricks, also resistent genug, war ich auf alles gefasst – nur darauf nicht.

Irgendein Radiomensch wandte sich an Dr. Abstreiter: »Mit der Toten, Herr Oberregierungsrat, sind Sie nach eigener Aussage nicht verwandt – doch wie steht es mit dem Toten, mit dem erwähnten Frank Krieg? Wenn nicht verwandt, waren Sie mit ihm nicht zumindest näher bekannt?« Und mit eisiger Ironie fügte der Mensch hinzu: »Haben Sie dessen Beerdigung auch privat beigewohnt?«

Die Trauergemeinde rückte noch näher zusammen, zog den Kreis um uns noch enger. Es war bedrückend. Die Meute witterte einen Skandal. Dabei erinnerte ich mich einer mündlichen Mitteilung Filous, derzufolge sich Abstreiters verlorener Sohn in jener unseligen Faschingsnacht hilfesuchend an den »Onkel Frank« K. gewandt habe. Na und? Herrje, wie viele wildfremde Bälger haben mich schon als »Onkel« angesprochen? Das konnte jedem mal passieren. Bloß dass ich jetzt damit nicht der Medienmeute kommen konnte, die wollte Blut sehen.

Es war bewundernswert, wie seelenruhig Dr. Abstreiter diese tief ins Persönliche gehende Fragestellung zu versachlichen wusste. Er nahm sogar die Sonnenbrille ab, bevor er ohne jede Schärfe entgegnete: »In der hier eingeschlagenen Richtung kommen wir keinen Schritt weiter, verehrte Herrschaften. Wo kämen wir hin, unsere freiheitlichen Meinungsäußerungen derart missverständlich zu gebrauchen, auch nur einem der unbescholtenen Anwesenden anzudeuten, er nähre das Böse im Schoß seiner Familie, geschweige denn unter der Bürde seines Amtes? In einen Sumpf gegenseitiger Bespitzelungen und Beschuldigungen fielen wir zurück! Wovon ist hier eigentlich die Rede? Von einer tödlich verunglückten Sängerin? Von Kriminellen? Von einem erschossenen Großkaufmann? Oder von Beamten, die ihrer gefährlichen Pflicht der Verbrechensbekämpfung nachgehen? Sehr klein ist nach Auskunft des Justizministeriums die Zahl der Kriminellen, die hierzulande versuchen, auf die historisch unbestechliche Beamtenschaft Einfluss zu nehmen – nicht zu vergleichen mit der Unterwanderung staatlicher Strukturen andernorts, wo es jahrhundertealte Wurzeln auszureißen gilt. In dieser Form sind und bleiben wir verschont.« Abschließend sagte er noch: »Vielen Dank für Ihre Aufmerksamkeit.«

Der Radiomensch sah seine Frage, womöglich ungeschickt gestellt, anscheinend beantwortet; jedenfalls kam er nicht mehr darauf zurück. Zudem wurde er förmlich mitgerissen, da sich der Pulk auflöste. Ein weiterer Trauerzug beanspruchte den Platz, den wir besetzt gehalten hatten; ein fremder Toter, der uns nichts anging, begleitet von unbekannten Gesichtern.

Abstreiter verschwand händeschüttelnd in der Menge, die sich in zwei Parteien teilte, um verschiedenen Ausgängen zuzustreben. Ich vergrub die Hände in den Manteltaschen und schlenderte eine breite, kiesbestreute Pappelallee entlang, hinüber zu Tom Krieg, der nun allein am frischen Grab stand, als sei er dort verblieben, um dessen Schändung zu verhüten. Oder um über irgendein Geheimnis zu wachen, das dort zu seinen Füßen lag. Oder hatte der Duft, der von den reichen Blumenspenden aufstieg, nur seine Sinne betäubt? Was er in den eigenen Händen hielt, darin vergessen zu haben schien, waren indes keine Blumen, sondern ein Bündel dünner, farbiger Holzstäbchen – Mikadostäbchen, wie ich bei näherem Hinsehen bemerkte. Das mochte seine sentimentale Bewandtnis haben, verzeihlich unter den gegebenen Umständen.

In den vergangenen Tagen hatte ich nicht die Gelegenheit zu einem persönlichen Gespräch mit Bruder Tom gefunden; wusste nicht einmal, ob er dazu bereit sein würde. Kannte lediglich seine Zeugenaussage, festgehalten in einem internen Protokoll, das ich einmal flüchtig einsehen konnte. Es hatte versehentlich auf Abstreiters Sitzungstisch herumgelegen und befand sich seitdem unter Verschluss. Enthielt es doch dasselbe Geheimnis, das der Kirschmund mitgenommen hatte, soweit, nun ja, soweit nicht auch der Boxer davon wusste. Doch von manchen Leuten wurde bekanntlich behauptet, sie wären die geborenen Geheimniskrämer.

Bevor ich auf den Mann geradewegs zuging, um ihn anzusprechen, wiederholte ich mir im tiefsten Inneren seinen protokollierten Aussagetext: »Am Abzweig Richtung Heinrich-Heine-Straße kommt der Wagen ins Schleudern. Zu viel Tempo, zu viel Glatteis, zu viel Kurve. Ich latsche im Reflex auf die Bremse. Wir knallen gegen den Brückenpfeiler. Schon brennt der Motorraum. Wir schnallen uns ab und steigen aus, gehen zu Fuß weiter, nein, rennen hoch zur Dresdener. Nein, nicht Hand in Hand – was soll die Frage? Also, wir kommen zu dem toten U-Bahnschacht, wo mein Bruder diese versteckte Tiefgarage hat; Sie wissen, was ich meine. Oben parkt Börreks Wagen neben dem Wagen meines Bruders. Unten steht die kleine Tür offen, angelehnt. Wir rein, Ihr Fräulein Müller vor mir, ihre Waffe in der Hand. Drin ist es dunkel und still. Kein Feuer, klar; das war nur Finte. Wir tasten uns also drei, vier Schritte vor, als Maiko – ich meine: die Müller – ihre Taschenlampe anknipst. Warum auch nicht? Ich hätte es wahrscheinlich genauso gemacht. Vor uns, fast in Reichweite, liegt Börrek, tot auf dem Gesicht. Sah absolut tot aus, und war es ja auch. Im selben Augenblick knallt es, und Maiko fällt hintenüber. Ich kann sie noch auffangen und schmeiße mich gleichzeitig hin. Sie wird trotzdem vom zweiten Schuss getroffen, vielleicht auch gut so – sie hat jedenfalls nicht lange gelitten. Ich nehme ihre Waffe, auf dem Bauch liegend, und feure einfach dorthin, wo die beiden Schüsse hergekommen waren. Das war's. Was sagen Sie da? Ob ich in meinem Bruder töten wollte, was ich an mir selbst hasste? Irrtum, Herr Doktor, ich tauge nicht zum Selbstmörder. Genauso könnte ich Sie fragen …«.

An dieser Stelle war die Vernehmung durch Abstreiter unterbrochen worden. Kollege Warmblut, anwesend, hätte sie sicherlich gern fortgesetzt. Doch was sollte er machen ohne einen unbescholtenen, glaubwürdigen Zeugen? Bruder Tom, der jetzt mehr Vorstrafen als Lohnstreifen am Hals hatte, kam dafür kaum in Frage. Und Fräulein Müller war nicht mehr am Leben. Dass sie unserem Oberregierungsrat – von Warmblut auf ihn angesetzt? – womöglich auf die Spur gekommen war, auf dem Umweg über Koks-Krieg, über dessen Hang zum Höheren, klang nur noch nach einer besseren Räuberpistole. Und sollte der Boxer ausplaudern, was er angeblich von der Müller wusste, würde es amtsüblich wohl heißen: ein Racheakt aus dem Milieu.

Bruder Tom musste sich hüten – Fahrerflucht aus einem Dienstwagen, Tötungsdelikt mit einer Dienstwaffe, und kein Mensch, der eine Notwehrhandlung bezeugen konnte. Womit wollte er denn beweisen, dass auf ihn geschossen worden war? Seine eigene Aussage sprach keineswegs dafür. War es nicht doch bloß ein kaltblütiger Racheakt, ein Mord? Oder eine Mischung höherer und niederer Beweggründe? Ihre Abgrenzung unter Drogeneinfluss verwischt. Hatte er nicht schon einmal unter Dope gekämpft? Und sogar ein Auto entwendet?

Selbstverständlich konnte man sich diese bohrenden Fragen genausogut schenken, solange der Täter sich kooperativ zeigen würde. Unter dieser Voraussetzung könnte sich ein Sachverhalt ergeben, der im Einklang mit übergeordneten Staatsschutzerwägungen eine Anklageerhebung nicht zwingend erforderlich machte: Der Serienmörder Frank K. war bei einem bewaffneten Überfall auf einen ehrenamtlichen Mitarbeiter der Polizei, dessen Identität nicht Gegenstand öffentlicher Debatten sein kann, unschädlich gemacht worden. Keine Zeugen, kein Prozess. Im Übrigen war damit ein geplanter Anlagebetrug im Keim erstickt worden.

Bei einem solchen Ausgang der Affäre, so schien mir, dürften sich sogar die Interessen des Boxers und des Oberregierungsrates treffen, gewollt oder nicht. Ironie einer Kriminalgeschichte. Durch irgendeinen Zauber hatte der Kirschmund seine Nachwelt derart eingerichtet, dass sie uns in einer Art verschleiertem Schwebezustand erscheinen musste. Auch die Medien, darauf war Verlass, enthüllten eher sich selbst denn andere Hofschranzen. »Nach den Reportern«, hatte Abstreiter beim Weggehen gesagt, »kommen die Redakteure.« Wie im Gespräch die Antworten auf die Fragen kamen – doch genügte es etwa nicht, dies schon aus Platzgründen, sich auf die Veröffentlichung der schönen Antworten zu beschränken?

Bruder Tom hatte mich nicht kommen sehen, vielleicht noch nicht einmal den knirschenden Kies unter meinen Schuhsohlen gehört. Er saß jetzt in der Hocke, hatte auf dem Grabhügel einen Strauß weißer Nelken beiseitegeschoben und seine Mikadostäbchen danebengelegt. Sie bildeten zwei Häufchen auf dem dunklen Erdflecken; das eine fein geordnet, das andere noch wirr durcheinander. Er war mitten im Spiel, beschattete seine Augen mit der Rechten, den Ellbogen aufs Knie gestützt, und zog mit der Linken gerade ein weiteres Stäbchen, als ich ihn ansprach: »Guten Tag, Herr Tom.« (Seinen Nachnamen vermied ich absichtlich.)

Er sah nicht auf, erkannte aber meine Stimme, falls er mich nicht vorher schon gesehen hatte. »Tag.« »Wollen Sie mit mir reden?«

»Jetzt habe ich sowieso verwackelt, egal.« Er stand auf, dicht vor mir, und sah mich geradewegs an.

»Habe ich Sie erschreckt?« Ich sagte noch: »Tut mir leid.« »Was? Dass Sie mich erschreckt haben? Haben Sie aber nicht.« »Nun ist sie tot. War Mikado ihr Lieblingsspiel?« »Vielleicht. Sie hat jedes Mal gewonnen.« Er wischte sich mit einem Daumennagel über die Unterlippe, dann fragte er: »Was wollen Sie?«

Dabei fixierte er mich, als wollte er mich schlagen; aber ich konnte mich auch irren.

»Hat sie jemals mit Ihnen über Dritte gesprochen?« »Wenn ja, habe ich's vergessen. Was ich wusste, hätte ich gern einem anderen gesagt – ins Gesicht. Nicht Ihnen und nicht hier.«

»Aber es könnte sehr wichtig werden, ich meine, für die Aufklärung des Falles.«

»Sagten Sie ›Aufklärung‹? Vergessen Sie's! Es wäre zu viel des Guten, und daran ist sie nicht gestorben.« Seine Stimme klang noch rauer als sonst.

»Nein, natürlich nicht. Wissen Sie denn, woran sie gestorben ist?«

Ich wusste es im Voraus, es war eine idiotische Frage: Warum sollte er ausgerechnet mir offenlegen, was ihn innerlich bewegte? Das war mehr als unwahrscheinlich. Meine Frage hatte ihm nur angedeutet, dass er ständig beobachtet worden war, Tag und Nacht (unser Filou hatte in letzter Zeit wenig Schlaf gefunden). Klar, der Kirschmund musste gewusst haben: Koks-Krieg würde schießen. Danach gefragt, hätte Bruder Tom vielleicht geantwortet. Hätte vielleicht von einem »Gefälligkeitsmord« gesprochen, wenigstens die Inspektorin insofern angesprochen, als sie einem hohen Vorgesetzten gefährlich geworden wäre. Ein nicht weniger gefährlicher Gedanke. So war ich nur froh, als der Boxer auf seiner »Vergesslichkeit« bestand (obschon es bloß ein Gespräch unter vier Augen war).

Er öffnete seine dunkle Lederjacke, zog einen kleingefalteten Zettel aus der Hemdtasche und sagte: »Hier, lesen Sie! Das hat sie im Auto geschrieben und mir gegeben. Übrigens mit den Worten: ›Für dich, Tom.‹ Sie verstehen.«

Ich nickte und las. Es war tatsächlich ihre Handschrift, nicht einmal Datum und Uhrzeit hatte sie vergessen. Musste ich im ersten Augenblick befürchten, es handelte sich um ihren letzten dienstlichen Kassiber, der irgendjemand bloßstellen könnte, so wurde ich angenehm enttäuscht. Es war nicht mehr als ein kleines unterhaltsames Gedicht, überschrieben:

»Es reicht nicht für alle«. Sicherlich gut gemeint, doch nicht ganz zeitgemäß, hatte sie noch in höchster Bedrängnis ihren Gerechtigkeitsgefühlen Ausdruck gegeben:

Es mag auch teuer sein,
Elstern horten Tafelsilber,
Rathäuser Wein.

Es mag auch billig sein,
Maurer bröckeln altes Brot,
Neubauten Mörtelstein.

Es mag auch teuer sein,
Papageien lernen sprechen,
Kasernen Latein.

Es mag auch billig sein,
Kinder haben Fieber,
Hospitäler Pein.

Es mag auch teuer sein,
Beamte tragen Bucketshops,
Hochämter Heiligenschein.

Der letzte Vers machte mich allerdings stutzig: Was war ein Bucketshop? Bruder Tom war bereit, es mir zu sagen. Nach seinen Worten stammte der Begriff von Chikagos Weizenbörse und betraf Läden, die in großen Eimern kleine Warenproben anboten, zwecks Bestellungen en gros. Im übertragenen Sinne: Briefkastenfirmen, die Finanzgeschäfte vorgaben, um Einlagen anzulocken. Es war also klar: Vorausgesetzt, die Verseschmiedin hatte diese Bedeutung des verwendeten Begriffes gekannt, so waren die hergestellten Zusammenhänge einer gewissen künstlerischen Freiheit zuzuordnen. Nicht mehr und nicht weniger war daraus abzulesen: Küchenlyrik! Eine kleine Polizistin als verhinderte Muse, im Herzen alles Schöne und Wahre – und einen gestrauchelten Boxer, dem sie etwas angehext hatte, um ihn einzukochen. Wie sehr doch Kunst und Leben auseinandergingen!

Ich gab ihm das Papierchen zurück. »Recht hübsch«, sagte ich, »wir haben immer die Idealistin in ihr bewundert.«

»Was sie nicht sagen!«

»Doch, doch. Dafür kannte ich sie lange genug.«

»Klar, und umgekehrt. Wollen Sie wirklich hören, was sie von Ihnen hielt?« Er ging wieder in die Hocke, um seine Holzstäbchen einzusammeln – oder wollte er mir zeigen, wie gleichgültig ihm meine Anwesenheit war?

Ich selbst wollte keinen Streit in dieser Situation und antwortete ablenkend: »Lassen wir das! Doch sagen Sie mir, Tom, wie geht es weiter mit Ihnen? Was haben Sie vor? Beruflich, meine ich.«

Er hob den Kopf und grinste mich am. »Hat man Sie vorgeschickt, mir ein Angebot zu machen? Okay, ich höre.«

Ehrlich gesagt, ich hatte ihn mir anders vorgestellt; nicht gerade dumm, doch eben anders. »Im Boxsportklub unserer Freiwilligen Polizeireserve – Amateure, versteht sich – ist ein Trainerposten zu besetzen. Im Angestelltenverhältnis, wie ich höre.« Da er nicht gleich antwortete, fügte ich hinzu: »Eine sichere Sache und auf Dauer. Natürlich haben Sie Bedenkzeit.«

Wieder grinste er mich an, sagte nur: »Ja, Bedenken schon, aber keine Zeit – vom Friedhof geht's direkt zum Flugplatz.« Dann stand er auf und sagte noch im Weggehen: »Besser als umgekehrt, oder?«

Auf die Gefahr, mich zu wiederholen: Ich hatte ihn mir wirklich anders vorgestellt – ein merkwürdiger Mensch, in der Tat.